IN EXTENSO

(Nouvelle Série).

RÉ DE LORDE et FRANTZ FUNCK-BRENTANO

L'AMOUREUSE CONSPIRATION

LA RENAISSANCE DU LIVRE

PARIS :: 78, Boulevard Saint-Michel : PARIS

L'AMOUREUSE CONSPIRATION

Collection " In Extenso "

Le volume 1 franc 20   Franco par la poste : 1 fr. 30

Andrè de Lorde et Frantz Funck-Brentano

L'AMOUREUSE CONSPIRATION

Couverture en couleurs par P. Nouail.

PARIS

LA RENAISSANCE DU LIVRE

78, BOULEVARD SAINT-MICHEL, 78

ANDRÉ de LORDE

André de Lorde, qui est, dans la vie courante et mondaine, un homme fort aimable, devient, lorsqu'il prend la plume, le plus affreux des tortionnaires. Il éprouve à nous faire frémir, à nous glacer d'épouvante, à peupler nos nuits de cauchemars terribles, on ne sait quel plaisir cruel.

Aussi l'appelle-t-on : « le Prince de la Terreur », car nul ne saurait porter mieux ce titre.

Comme le disait un critique célèbre : « Si d'autres se plaisent à suivre les chemins battus, André de Lorde a préféré trouver une formule très originale et très puissante, une formule comme on n'en apporte pas, au théâtre, plus de deux ou trois par siècle. »

Aussi, tout jeune, André de Lorde était-il décoré, célèbre, et avait-il déjà derrière lui un passé glorieux.

Né à Toulouse le 11 juillet 1871, fils d'un médecin d'une grande renommée et, par la suite, beau-fils de Mounet-Sully, l'illustre tragédien et doyen de la Comédie-Française, il obtint le diplôme de licencié en droit. Après un court stage au barreau de Paris comme avocat et plus long au ministère des Finances, comme secrétaire particulier du Ministre d'alors : M. Burdeau, il entra à la Bibliothèque de l'Arsenal puis à Sainte-Geneviève, où il est maintenant bibliothécaire.

L'œuvre d'André de Lorde est considérable. Mais on connaît surtout son œuvre théâtrale où l'éloquente sobriété de son dialogue, la puissance et l'originalité de ses sujets ont fait de lui un maître et un chef d'école — car il est le créateur d'un genre — dont les pièces sont aujourd'hui traduites et jouées dans tous les pays.

La qualité maîtresse d'André de Lorde est l'imagination, une imagination puissante dans l'angoisse et la terreur, qui suffirait — comme l'a écrit le regretté professeur Gilbert Ballet, membre de l'Académie de Médecine, à propos de *l'Homme mystérieux* — à légitimer le beau renom que s'est acquis presque tout de suite André de Lorde auprès du grand public, et à placer son nom à côté de celui des Edgar Poe et des Hoffmann. Citons ces lignes de l'éminent artiste et critique André Antoine, dans sa préface au premier volume du *Théâtre Rouge* d'André de Lorde : « Vous faites surgir des spectres dans les milieux familiers ; votre épouvante, à vous, est une génération spontanée dans l'âme même de vos personnages... C'est en quoi votre théâtre se classe plus haut que nous ne l'avons d'abord pensé ; vous avez créé une psychologie de l'épouvante, toute une horlogerie subtile de la peur.

« Ce don, évidemment, d'autres en furent pourvus. Notre grand Maupassant, si vivant, si sain, mourut en distinguant, de ses yeux dilatés et enfiévrés par le mal qui allait l'emporter, des régions inaccessibles mais ce fut par accident physiologique. D'autres de vos confrères touchèrent parfois le mystérieux rivage en nous entraînant ailleurs, vers des horizons exotiques et inaccoutumés ; vous, vous êtes resté à côté de nous... Vous préparez vous disposez la terreur indéfinissable autour de la réalité la plus formelle. Enfin, un autre mérite infiniment rare qui vous a permis de réaliser presque toujours intégralement votre ambition, c'est d'avoir été un homme de théâtre accompli, un maître ouvrier, un observateur lucide et équilibré...

« Et ainsi l'intérêt de votre œuvre se double de celui de votre personnalité... »

André de Lorde a réuni ses pièces les plus célèbres, dans plusieurs volumes dont les titres sont suggestifs :

Le Théâtre de la Folie, le Théâtre d'Épouvante, le Théâtre de la Peur, le Théâtre Rouge, le Théâtre de la Mort, les Drames mystérieux, etc.

Il est universellement connu comme « l'Homme qui fait peur », suivant l'expression d'Albert Sorel, l'éminent historien, membre de l'Académie française, qui ajoutait :

« Cet aimable homme ne se plaît qu'aux fantasmagories et aux mystifications atroces ; il flirte, comme le serpent à sonnettes, avec les colombes... »

André de Lorde a écrit — seul ou en collaboration — un nombre considérable de pièces — plus de cent cinquante — dont la plupart, qui eurent un succès éclatant à leur apparition, sont demeurées célèbres et qui, après avoir triomphé à la Comédie Française, au théâtre Antoine, à l'Odéon, au théâtre Sarah-Bernardt, au Gymnase, au Vaudeville, à l'Ambigu à la Porte Saint-Martin, et surtout au théâtre du Grand Guignol, — dont il est le fournisseur attitré et dont il a contribué à faire la fortune — ont été jouées dans le monde entier et traduites en toutes langues.

On peut citer, parmi ses drames les plus célèbres : *Au téléphone* et le *Système du Dr Goudron*, qui eurent plusieurs milliers de représentations en France et à l'étranger ; *la Dormeuse, Au Rat Mort, cabinet 6, Une leçon à la Salpêtrière, l'Obsession, l'Horrible expérience, l'Enfant mort, Mme Blanchard, l'Idiot, le Cœur de Floria, la Maffia, Des yeux dans l'ombre, l'Acquittée, Baraterie, la Nuit rouge, l'Innocent, Figures de cire, Farce tragique, l'Art d'épouvante, la Dernière torture, Comédieuse, Un concert chez nous, Sur la dalle, la Piste, 40 HP, l'Homme mystérieux, Héritiers, les Regrets, Sous le masque, les Invisibles, la Bête, l'Obsédé, la Petite fille, la Délivrance, Dans la nuit, la Victime, le Baiser mortel*, etc., etc. ; enfin *Bagnes d'enfants*, et *la Petite Roque*, qui furent les plus grands succès du théâtre de l'Ambigu.

André de Lorde créateur du théâtre d'épouvante, a fait aujourd'hui école, et nombreuses sont les pièces dites de « terreur » que l'on représente maintenant, non seulement au théâtre mais encore au concert, au music hall ou au cinéma.

Mais le Prince de la Terreur dont la verve est féconde, a écrit aussi de nombreuses pièces gaies comme : *Hermance a de la Vertu ; L'Amour en cage ; L'Attaque nocturne ; Consultation de 1 à 3 ; Ernestine est enragée*, etc., etc. ; et surtout cette délicieuse comédie historique : *Napoleonette*, qui fut un des plus grands succès du théâtre Sarah Bernardt.

André de Lorde a donné aussi plusieurs volumes de nouvelles dramatiques, comme *Cauchemars ; Frissons*, et des romans très amusants *Le mari malgré lui ; Aloyse* ; et enfin — en collaboration avec M. Frantz Funck-Brentano, l'éminent historien et conservateur des manuscrits à la Bibliothèque de l'Arsenal — cette *Amoureuse conspiration*, qui est bien le plus délicat, le plus charmant, le plus spirituel roman qui ait été écrit sur cette époque où l'amour tenait la première place.

L'Amoureuse Conspiration

UNE CATASTROPHE EN MUSIQUE.

Un grand salon blanc, tout en boiseries, des boiseries aux contours gracieux, où les rocailles déjà se mêlaient aux fleurs en haut relief, chef d'œuvre de l'architecte Boffrand.

C'était, à l'Arsenal, le salon où la duchesse du Maine réunissait à l'ordinaire les amateurs de musique, dont le talent lui était une distraction, ainsi qu'à son mari.

Louis XIV venait de mourir. La contrainte que son [illegible] dans les dernières années [illegible] sur tous, était enfin [illegible] Régence s'était levée comme [illegible] au bruit des rires et des chansons.

La porte principale du grand salon blanc s'ouvrit et un [illegible] long et mince, [illegible] galonnée d'or, — s'il [illegible] un respect exagéré, [illegible] de Châtillon, qui entra [illegible] de Châtillon fit quelques [illegible] était un justaucorps en camelot [illegible] fauve et un habit de velours blanc ciselé, piqueté d'argent ; la culotte de satin fauve passait, suivant l'usage, sous les longs bas de

fil blanc, où elle était fixée par des boucles de cristal ; et son abondante perruque se séparait en trois touffes — c'était la queue en arrière, à droite et à gauche les cadenettes — par des attaches de ruban noir. Le salon était désert. M. de Châtillon regarda sans curiosité les camaïeux gris, qui surmontaient les trumeaux aux boiseries blanches et les meubles en soie vert d'eau, semée de fleurs au naturel avec des rehauts d'or ; il considéra un instant les fauteuils en gondole et les ployants les obligeantes et les berceuses, les « duchesses » et les « bergères », les banquettes de croisées, les « encoignures », les consoles aux formes tarabiscotées, qui mêlaient sous ses yeux leurs formes variées et charmantes ; puis il s'assit.

Un autre laquais, également vêtu de drap couleur citron galonné d'or, arriva, portant avec prudence une basse de viole renfermée dans une grande boîte. M. de Châtillon, de la main, lui signifia de la poser près de lui ; l'instrument en touchant le parquet rendit un son plaintif ; M. de Châtillon eut un mouvement de colère aussitôt réprimé. Le laquais commençait une phrase pour s'excuser, mais le gentilhomme lui montra la porte.

C'était un homme très froid que M. de Châtillon et qui faisait économie de paroles comme de gestes. S'il lui avenait de parler, il parlait peu, et préférait aux mots, trop longs à son gré, des monosyllabes ; s'il faisait un geste, il en éprouvait immédiatement du regret comme d'un mouvement inutile.

Il pouvait être quatre heures ; les minutes s'écoulaient, sans amener d'autre invité. M. de Châtillon, sobrement, arrangeait son jabot, ordonnait la dentelle de ses manchettes, tirait quelques plis de son habit en velours blanc piqueté d'argent, quand la porte s'ouvrit de nouveau, très doucement. Le même grand valet en livrée couleur citron se tint immobile sur le seuil, et son camarade réapparut, portant cette fois, dans un long écrin, une flûte allemande. Un second gentilhomme le suivait. Celui-ci avait une allure militaire sous son « habit d'épée » : justaucorps de velours noir, garni de passepoil et de boutons d'or : il avait une figure calme et franche, des yeux bleus très bons qu'ombrageaient des sourcils épais, et une certaine gaucherie de manières. Il devait avoir dépassé la quarantaine : c'était M. de Maisonrouge, lieutenant de roi à la Bastille.

M. de Châtillon s'était levé comme un automate ; il avait répondu par un salut cérémonieux au salut aimable de M. de Maisonrouge, puis il s'était rassis. M. de Maisonrouge en demeura tout interloqué. Afin de se donner une contenance, il promena, ainsi que l'avait fait quelques instants auparavant M. de Châtillon, ses regards autour de lui, sur les boiseries blanches, sur les camaïeux gris et sur les meubles recouverts de soie vert d'eau ; mais, tandis que M. de Châtillon n'avait manifesté aucune admiration, lui, ne pouvait s'empêcher de témoigner par des exclamations les vives impressions qu'il éprouvait :

— Quel goût charmant !... que ce décor est donc frais, et gai, et léger ! Qu'en pensez-vous, monsieur?

M. de Châtillon ne remuait non plus qu'un dieu terme.

Maisonrouge poursuivait :

— C'est une transformation dans nos appartements : les lourdes et noires solives des plafonds disparaissent sous le plâtre blanc rehaussé d'or ; les glaces, mises au-dessus des cheminées, reflètent l'intérieur de la chambre et en doublent l'étendue ; tout devient clair, léger, pimpant ; mais nulle part je n'ai encore vu ce renouveau printanier briller avec autant de fraîcheur et d'éclat que dans cette salle délicieuse.

M. de Châtillon continuait de demeurer immobile et muet. M. de Maisonrouge avait ainsi fait le tour du salon, et se retrouva devant M. de Châtillon. Son monologue lui pesait, et, après un moment d'hésitation :

— Si je ne me trompe, dit-il en s'inclinant, c'est bien M. le comte de Châtillon que j'ai l'honneur de rencontrer ici !

Signe de tête affirmatif.

— En ce cas, permettez-moi de me présenter : Jean-Melchior-Louis Dahaut, chevalier de Maisonrouge, lieutenant de roi à la Bastille et, monsieur le comte, votre serviteur.

M. de Châtillon s'inclina.

— Je comptais bien, monsieur, continua M. de Maisonrouge, avoir l'honneur de vous trouver ici, à l'occasion du quatuor que M. le duc du Maine a eu l'heureuse pensée d'organiser pour aujourd'hui. Je sais que vous avez un goût exquis et un art parfait comme musicien, et que, d'autre part, vous êtes au jeu du biribi un incomparable banquier.

M. de Châtillon s'inclina encore.

M. de Maisonrouge s'attendait à une

réponse ironique : elle ne vint pas.
Il poursuivit avec courage :

— C'est la première fois que je viens à
l'Arsenal... J'en suis heureux plus que je
ne saurais l'exprimer... Ne devons-nous
pas avoir comme partenaires, M. le chevalier de Ménil, si empressé auprès de
Mme la duchesse du Maine, et M. de Malézieux, magistrat austère et fort habile aux
jeux de l'esprit?

M. de Châtillon consentit à répondre
autrement que par une inclinaison de
tête :

— Oui, monsieur, dit-il.

— Enfin il parle ! murmura M. de
Maisonrouge, aussi ravi que si ce glacial
personnage eût prononcé un discours en
quatre points. Et il allait poursuivre cette
bizarre conversation, quand une voix
légère s'éleva. Cette voix chantait une
« brunette » :

Nicolas va voir Jeannette
« Hé ! Jeannette, dormez-vous? »

La chanson était gaie, mais la voix
était triste ; elle était claire, tendre, jeune.
D'abord un peu lointaine, elle se rappro-
chait.

— C'est Mlle de Launay, dit subitement M. de Châtillon en se levant.

Et voici que son visage se marquait
d'une expression toute différente ; un
sourire l'illuminait.

— C'est elle, reprit-il.

Et, devenu loquace tout à coup, il
précipitait ses paroles.

— C'est elle. Quelle jolie voix !... une
voix transparente comme le cristal... Vous
la connaissez?... Oui... Vous en êtes même
peut-être amoureux... Ah ! parfait !
comme nous tous... C'est une personne
accomplie... Et de l'esprit ! A en tenir
boutique dans la galerie du Palais... Et

savante!... elle possède les mathématiques aussi bien que M. de Maupertuis,
les langues mortes non moins bien que
M. Dacier, et la philosophie mieux peut-
être que M. l'abbé de Malebranche. Ah !
Mme la duchesse du Maine a eu la main
heureuse en la prenant à son service!..

M. de Maisonrouge ne put se retenir de
rire un peu. Stupéfait de cette loquacité
subite, il fixait son interlocuteur, en s'efforçant de faire pénétrer ses regards
jusqu'au fond de sa bouche, comme si
M. de Châtillon eût été la jolie fille de la
fable, qui crachait, en parlant, des perles
et des fleurs. De son côté, M. de Châtillon
l'observait attentivement. M. de Maisonrouge avait pâli, puis ses joues s'étaient
colorées... et maintenant, il se taisait,
l'oreille tendue vers la chanson et ses
mains se crispaient involontairement.

— Vous l'aimez, monsieur, fit M. de
Châtillon en lui touchant le bras, vous
aimez notre Rosette : même, vous l'aimez
violemment.

L'officier eut un sursaut.

— C'est vrai, dit-il en soupirant, je
l'adore.

— Et elle, demanda M. de Châtillon.

— Oh ! elle, fit-il avec un geste triste...
C'est une nature exaltée, pourtant...
Elle...

M. de Châtillon n'acheva pas : grande,
claire-brune, un visage fin, où l'on discer-
nait à peine les marques d'une petite
vérole subie dans l'adolescence, la bouche
moqueuse, l'air futé, des yeux ardents
et spirituels, Mlle de Launay paraissait.
Elle était fine, élancée, comme descendue
d'une toile de Watteau, une taille de
guêpe dans sa robe légère, à longs plis
de droguet bleu et blanc rayé, garnie de
ruban de Cartusane ; le cou délicat était
pris dans une large collerette de batiste
bouillonnée.

— Oh! Rosette, cria M. de Maisonrouge, en courant à elle.

Et tout aussitôt, il s'arrêta, rouge de confusion.

— Pardon, je veux dire Mlle de Launay, balbutia-t-il.

— Oh! monsieur, répliqua-t-elle en riant, dites Rosette.

Et elle tendit la main aux deux hommes.

M. de Châtillon baisa cette main longue et nerveuse. M. de Maisonrouge ne l'osa pas...

— M. le chevalier de Ménil n'est pas encore là? demanda Rosette, avec un geste de dépit.

M. de Châtillon se mit à sourire.

— Vous voyez, fit-il.

Et il ajouta:

— Il ne peut être qu'auprès de Mme la duchesse du Maine.

M. de Maisonrouge sentit son cœur battre plus vite. La question de Rosette, comme le sourire de M. de Châtillon, lui causait une peine soudaine. Mlle de Launay aimait-elle le chevalier? M. de Ménil était jeune, galant, brillant, sémillant, amusant: il avait tout ce qui plaît aux femmes, et il plaisait à la duchesse. Comment ne plairait-il pas à Rosette? Elle aussi, elle était jeune; après des années bien sombres, la vie semblait s'annoncer pour elle pleine de bonheur: tout la favorisait. L'amour la guettait: il s'était sans doute déjà emparé d'elle. Une femme peut-elle vivre sans amour? Ne pensent-elles pas toutes, comme Louise de la Vallière: « Il faut retirer de la vie ce qu'on en passe sans aimer? » Et lui, Maisonrouge, il était **vieux déjà**... et sans grâce. Pourquoi Rosette l'aimerait-elle?

— **A** quoi pensez-vous, monsieur le lieutenant de roi? lui demanda Mlle de Launay.

— Je pensais, répondit-il, que vous chantiez tout à l'heure une chanson gaie, d'un ton très triste, et qu'il y a sur votre charmant visage des traces de fatigue et peut-être de chagrin...

— Allons donc!

M. de Châtillon avait gagné le fond de la salle pour retirer de sa boîte la basse de viole qu'il accordait.

— Si vous avez de la peine, dit timidement M. de Maisonrouge, et que vous avez besoin de la confier, vous savez que je suis votre ami, quelle affection dévouée je ressens pour vous.

Il n'avait pas le courage de prononcer d'autres mots. Rosette, d'un mouvement spontané, lui serra la main.

— Vous êtes bon; oui, c'est vrai, je suis un peu triste. J'ai fait des vers toute la nuit, oh! de mauvais vers et même un peu ridicules, des vers d'amour, d'amour sans espoir... Voyez-vous, je souffre de la condition que j'ai ici; j'étais née pour être une princesse, et j'en veux aux femmes qui, pour s'attacher les cœurs, n'ont qu'à être duchesses.

Et, s'interrompant tout à coup, elle cria, avec gaité, dans un de ces revirements qui étaient un des traits de son caractère:

— Oh! oh! monsieur de Châtillon, votre *la* est trop bas.

Docile, M. de Châtillon pinça une corde.

— Bien, très bien, maintenant... cria-t-elle de nouveau.

M. de Châtillon, sa viole accordée, se rapprocha de Rosette et de M. de Maisonrouge.

— C'était bien à cinq heures et demie qu'on devait commencer le quatuor?... interrogea-t-il.

A ce moment une pendule sonna six coups.

— Ah ! s'exclama Mlle de Launay, c'est vrai, vous ne savez pas... Sa Majesté a décidé hier, inopinément, de tenir un lit de justice, et M. le duc du Maine ne l'a appris qu'après son déjeuner, par hasard, comme il sortait. On a dû y discuter le rang des princes légitimés, et plus particulièrement celui de M. le duc du Maine, fils de Mme de Montespan... Monseigneur le Régent et l'illustrissime abbé Dubois n'auront de cesse qu'ils ne lui aient enlevé toutes les faveurs à lui léguées par le feu roi son père : la surintendance de l'éducation du jeune roi, le gouvernement de la maison militaire, la grande maîtrise de l'artillerie... Et savez-vous ce qu'a dit le duc du Maine quand on lui a annoncé ce lit de justice?... Tout simplement : « Ce sera peut-être intéressant ; il faut que j'y aille. » Et comme il a calculé qu'il pouvait être ici à peu près pour l'heure du quatuor, il y est allé. Si le lit de justice s'était tenu une heure plus tard, il ne s'y serait pas rendu...

— Un quatuor, comme un biribi, sera toujours plus passionnant qu'un lit de justice, approuva M. de Châtillon.

M. de Maisonrouge ne disait rien : il regardait Rosette sans l'écouter.

Chétif, un peu boiteux, l'air à la fois affairé et timide, M. le duc du Maine entra sur les derniers mots de M. de Châtillon. Rosette et les deux gentilshommes s'étaient levés précipitamment, et le saluaient ; mais lui, souriant, aimable, leur signifiait de ne point se déranger.

— Je suis au désespoir, dit-il, de vous avoir fait attendre... Croyez bien que ce retard est indépendant de ma volonté... Mais nous allons commencer tout de suite le quatuor. Voyons, où est mon violon?... Bon... Le voilà... Monsieur de Châtillon, votre viole est-elle accordée !... Ah ! monsieur de Maisonrouge, je suis ravi que vous soyez venu. Vous êtes un flûtiste unique au monde... Eh bien, mademoiselle de Launay, voulez-vous vous mettre au clavecin? Nous déchiffrerons le second quatuor de Corelli...

M. de Châtillon, l'archet en main, tenait sa basse de viole entre ses longues jambes; M. de Maisonrouge avait tiré de la longue boîte incrustée de nacre sa flûte allemande aux clés d'argent ; Rosette était assise au clavecin. Que s'était-il passé au lit de justice? Aucun d'eux, si curieux qu'il fût de savoir, ne se risquait à le demander. M. le duc du Maine, en ce moment, avait bien autre chose à faire qu'à penser au Régent et aux droits des enfants légitimés... La partition de Corelli était ouverte devant lui : il souriait d'aise, dans l'attente de cette musique légère et tendre. Il dressa son archet.

— Y sommes-nous? demanda-t-il.

Il n'y eut pas de réponse. Un flot d'hommes et de femmes pénétraient dans le salon, criant, levant les bras, haussant les épaules, invoquant le ciel, et l'on n'entendait plus que des phrases entrecoupées, des exclamations, des apostrophes... « C'est une infamie... C'est une indignité !... Ce lit de justice est un lit d'injustice... Dépouillé de la surintendance !... le testament du roi cassé !... Privé du commandement de la maison militaire !... C'est horrible !... Il faut se venger !... » M. le duc du Maine, son archet baissé, contemplait, ahuri, ces furieux qui envahissaient sa demeure, sans même distinguer qui ils étaient.

Mlle de Launay les reconnaissait bien, elle : ce petit abbé en soutanelle, le visage rose et grassouillet, la mine réjouie, c'était l'abbé Brigaud ; ce grand sec, à la figure solennelle, c'était M. de Malézieux, un astronome, modèle des beaux esprits, faiseur de petits vers, de satires et de charades, l'ordonnateur des plaisirs du château de Sceaux, membre de l'Académie française et de l'Académie des Sciences et, par surcroît, chancelier du Parlement de Dombes ; ce petit brun, en costume militaire, justaucorps blanc à revers rouges, c'était M. de Pompadour, qui discutait avec le jeune duc de Richelieu, vif et pimpant dans son habit gris clair, aux boutonnières de soie d'or, un brin de dentelle aux manches et au jabot. L'ambassadeur d'Espagne, prince de Cellamare, était là aussi, tout de noir vêtu, avec sa femme, couverte de fanfreluches. Un gros officier, au visage rougeaud, semblait perdu au milieu de tout ce monde. Mlle de Launay ne savait pas son nom. M. de Maisonrouge lui apprit qu'il s'appelait le baron de Staal, qu'il était Suédois et que Mme du Maine lui avait obtenu une lieutenance aux gardes suisses. A peine d'ailleurs eut-elle le temps d'entendre ce que lui disait M. de Maisonrouge. Une petite femme, toute menue, blonde, l'apparence d'une jolie poupée, arrivait, furieuse, les yeux hors de la tête, sur M. le duc du Maine, tapait un bon coup sur son violon, et s'écriait, en le montrant à ceux qui l'entouraient :

— Et il joue du violon !

— Non, madame, nous allions en jouer, répondit le duc, avec une mine tout à la fois tranquille et effarée.

— De la musique ! reprit avec véhémence Mme la duchesse du Maine — car c'était elle — il s'agit bien de musique à cette heure ! Vous êtes là, aussi calme que si vous possédiez encore toutes les faveurs que vous avait léguées le bon roi votre père. Mais vous n'êtes plus rien ; vous le savez bien puisque vous étiez au lit de justice. Le Régent vous a tout volé. Vous devriez être dans une abominable colère.

— J'y suis, dit-il.

Vous y êtes, vous y êtes. Vous êtes dans une abominable colère !... Mais, monsieur, vous vous moquez de moi !... C'est moi qui suis dans une effroyable colère !... et tous ces messieurs vos amis et vos serviteurs. Mais vous, vous !... Vous alliez jouer du violon ! Eh bien ! je le regrette vivement : on n'en jouera pas aujourd'hui. Tenez, voici le texte officiel de l'arrêt du Parlement.

Et, dressée sur ses souliers à hauts talons, la poudre et le fard tombant de ses joues sur sa belle robe de taffetas flambé, la voix mordante, Mme la duchesse du Maine se mit à lire... « Le roi séant en son lit de justice, de l'avis du duc d'Orléans, régent..., a ordonné et ordonne, ce requérant son Procureur général, que la surintendance de l'éducation de Sa Majesté, sera déférée au duc de Bourbon, nonobstant les arrêts des 2 et 12 septembre 1715 qui la déféraient au duc du Maine... »

Autour d'elle on faisait cercle, ceux qui étaient par derrière se haussant sur la pointe des pieds afin d'apercevoir, par-dessus les épaules du premier rang, la duchesse, laquelle vraiment n'était pas plus haute qu'un enfant.

Une seule personne avait disparu, M. de Châtillon, qui, dès les premiers reproches de la duchesse, avait logé sa viole de basse dans sa boîte et s'était retiré, car il détestait le bruit des querelles et les scènes de famille. Tous écoutaient, soulignant leur stupéfaction et leur courroux de ces... exclamations dont ils avaient accompagné leur entrée. L'abbé Brigaud se montrait le plus forcené ; M. de Malézieux se composait un visage désespéré ; M. de Cellamare, la main sur le cœur, prédisant la certaine irritation du roi d'Espagne, son maître ; mais M. de Richelieu retenait à peine son rire, en considérant M. le duc du Maine, piteux,

les paupières baissées, les épaules étré-
cies. Tout à coup, M. de Maisonrouge, qui
assistait à ce spectacle en simple curieux,
sans y prendre part, vit Mlle de Launay
pâlir. Il suivit son regard : un jeune gentilhomme d'une élégance recherchée, avec
une mince moustache blonde, vêtu d'un
habit ravissant, un habit en étoffe d'argent
à fleurs de couleur, sur un justaucorps de
grisette grise en pluie d'argent, — perçait
la foule, s'inclinait devant la duchesse, et
disait assez haut pour être entendu de tous :

— Madame, je suis résolu de sacrifier
ma vie, si elle peut vous aider à réparer
l'atroce injustice dont M. le duc est, avec
vous, la victime.

La colère de Mme la duchesse s'évanouit un instant ; un sourire flotta sur ses
lèvres, et, lui tendant sa main à baiser :

— Monsieur de Ménil, je n'attendais
pas moins de vous.

Mlle de Launay porta la main à sa poitrine et chancela ; elle serait peut-être
tombée, si M. de Maisonrouge ne lui
avait offert son bras.

— Voyons, Rosette, fit-il, cachant sa
tristesse sous une feinte indifférence, du
sang-froid ! Ne laissez point deviner ainsi
ce qui vous agite.

Elle fut émue par tant de bonté.

— Je vous ai fait de la peine, murmura-t-elle. Je vous aime pourtant.

— D'amitié, acheva-t-il avec mélancolie.

Rosette ne répondit rien. Il ajouta :

— Prenez garde, je crains que M. de
Ménil ne vous aime jamais... d'amour...
C'est un beau papillon qui ne va qu'à ce
qui brille. La duchesse du Maine l'attire.

Rosette regarda fixement M. de Maisonrouge.

— Je le forcerai à m'aimer, dit-elle.

A ce moment, l'abbé Brigaud, tout
surexcité, hurla :

— A bas le Régent !

Il était monté sur l'un des tabourets en
bois doré, recouvert de soie vert d'eau, et
agitait ses bras avec majesté. Le cri fut
répété par toutes les bouches. Seul, le duc
du Maine sursauta d'alarme.

— Taisez-vous, messieurs, taisez-vous,
je vous l'ordonne !

Et prenant M. de Malézieux par un bou-
ton de son habit :

— Monsieur de Malézieux, vous n'êtes
plus un jeune homme ; vous êtes membre
de l'Académie française et de l'Académie
des Sciences, vous êtes astronome et chancelier de mon Parlement ; laissez tous ces
fous, et venez avec moi. J'ai nouvelle-
ment acquis un lot de médailles anciennes... Je vais vous les montrer.

M. de Malézieux parvint à séparer le duc
tandis que M. de Mézières, épouvanté de
ces cris séditieux, gagnait le salon. Il se
rappelait qu'il était bien connu de tel à la
Bastille, et qu'il ne pouvait demeurer plus
longtemps dans une maison où l'on se
révoltait contre l'autorité du maître. Il
fut bien. A peine avait-il tourné le dos, que
M. le duc d'Orléans les craintes connues il le
mérite. La duchesse de Maine conduisait
à merveille le complot des cabales. Il n'y
avait pas, dans tout le royaume, un
homme plus détesté de la cabale que le
Régent. On rapportait tous les propos qui
couraient sur lui. Il usait de la chimie et
préparait, disait-on, des poisons :
c'étaient des poisons qu'il distillait. Comment expliquer les morts successives du
grand Dauphin, du duc de Bourgogne,
du duc de Bretagne, de tant d'arrière fils
et petits-fils de Louis XIV, de tous ceux
qui séparaient Philippe d'Orléans du
trône ? Il ne restait plus à présent devant
lui qu'un faible obstacle : un enfant,
Louis XV, et qui était entre ses mains.
C'était à frémir.

Les imprécations redoublaient : « En d'autres temps, cela ne se serait pas passé ainsi... Jadis les grands seigneurs levaient des armées, obtenaient le concours de l'étranger ; jadis on formait la Ligue, on fomentait la Fronde. Mais maintenant, quelle triste époque, sans courage, sans énergie !.. Et même les audacieux ne pouvaient employer leur audace, tant le gouvernement était puissant, tant la longue habitude de la servilité avait avili le peuple et la bourgeoisie. » M. de Ménil, cependant, qui ne quittait pas la duchesse, continuait à offrir jusqu'à la dernière goutte de son sang, ne l'offrant peut-être avec une telle obstination que dans l'assurance qu'elle ne serait pas exigée. Debout, derrière le fauteuil, où s'était assise la duchesse, Mlle de Launay, toute frissonnante, écoutait la douce et chaude voix du chevalier sacrifiant son existence, et chacun des regards idolâtres, dont il enveloppait sa déesse lui perçait le cœur. La nuit était venue. Une pénombre grise s'était peu à peu répandue sur l'agitation des groupes. Des laquais entrèrent et allumèrent les bougies une à une. Leur chaude lumière faisait briller les rehauts d'or sur les tapisseries des meubles et les habits des gentilshommes. Les lamentations et les fureurs ne discontinuaient pas. Brigaud, appuyé contre la cheminée, déclamait à présent les *Philippiques*, la terrible satire où Lagrange-Chancel avait repris toutes les accusations lancées contre Philippe d'Orléans, régent de France. Il en était arrivé à la strophe où le poète faisait allusion aux morts brusques et rapprochées des membres de la famille royale :

Ainsi les fils, pleurant le père,
Tombent frappés des mêmes coups ;
Le frère est suivi par le frère,
L'épouse devance l'époux.

Mais, ô coups toujours plus funestes !
Sur deux lis, nos uniques restes,
La faux de la Parque s'étend :
L'un subit le sort de sa race,
L'autre (Louis XV), dont la couleur s'efface,
Penche vers son dernier instant.

A ces vers, les cris de colère redoublèrent cependant que dans la pièce voisine, on entendait M. le duc du Maine qui disait à M. de Malézieux :

— Dans ces trois vitrines il y a cinq cent soixante-quatorze médailles romaines... La série des empereurs y est au complet... C'est la plus belle collection du royaume.

II

HISTOIRE D'UNE POUPÉE DU SANG.

La jolie petite personne qui, le 26 août 1718, sur les six heures de l'après-midi, venait d'arrêter si brusquement, dans les salons de l'Arsenal le quatuor de Corelli que son mari s'apprêtait à entamer, se nommait Louise-Bénédicte de Bourbon ; elle était princesse du sang royal de France, petite-fille du grand Condé, de « Monsieur le Prince le héros », comme on disait alors, fille du prince Louis de Bourbon, que l'on nommait, lui, « Monsieur le Prince » tout court. Elle et ses deux sœurs étaient de taille si menue, que la duchesse de Bourbon, leur tante, les appelait, non les princesses, mais les « poupées du sang ».

A peine âgée de seize ans, Louise-Bénédicte avait épousé le duc du Maine, le fils de Louis XIV et de Mme de Montespan, de qui l'enfance s'était écoulée sous les yeux attentifs de Mme de Maintenon. Celle-ci lui avait témoigné la tendresse la plus dévouée et l'avait entouré d'une vigilance véritablement maternelle. Par une sollicitude constante, sans cesse en éveil, du matin au soir et du soir au matin, elle avait protégé sa santé chétive. Dès l'annonce des fiançailles, cette affection s'était reportée sur la jeune fille destinée à devenir la femme de celui qu'elle avait acquis le droit de nommer son enfant. Aussi Mme de Maintenon en écrivait-elle à Mme de Brinon qui avait pris Louise-Bénédicte pour quelques semaines auprès d'elle :

« Reposez-la bien : on la tue ici à Versailles par les contraintes et les fatigues de la Cour ; elle succombe sous l'or et les pierreries et sa coiffure pèse plus que toute sa personne. On l'empêchera de croître et d'avoir de la santé ; elle est plus jolie sans Losset qu'avec toutes leurs parures ; elle ne mange guère, elle ne dort peut-être pas assez et je meurs de peur qu'on ne la marie trop tôt. Je voudrais la tenir à Saint-Cyr, vêtue comme l'une des vertes (élèves de petites classes) et courant d'aussi bon cœur dans les jardins. Il n'y a point d'austérités pareilles à celles du monde. »

Le père de Louise-Bénédicte avait été un singulier personnage et qui doit nous retenir un instant, car sa fille lui prit plusieurs traits de caractère. Très petit, maigre, sec, une figure expressive avec de grands yeux, remplis de flamme, il avait beaucoup d'esprit, de grâces naturelles, ce qui faisait de lui, quand il le voulait, un vrai charmeur. Mais à tant de séductions, il joignait des brusqueries, des idées fantasques, des extravagances qui gâtaient tout. Il était l'homme du monde le plus résolu dans ses décisions, mais elles changeaient d'heure en heure, voire d'instant en instant. Un jour il annonçait que l'on souperait le soir même à Écouen, et l'on soupait à Fontainebleau ; pendant deux semaines entières on partait tous les matins pour Chantilly, mais, dès le coin de la rue, les voitures faisaient demi-tour ; enfin, le quinzième jour on restait définitivement à Versailles. D'autre fois, en revanche, M. le Prince faisait brusquement monter en carrosse sa femme et tout son monde, et, fouette cocher ! pour un voyage auquel un quart d'heure auparavant nul au monde – ni lui-même – n'avait pensé.

Ladre vert, à servir de risée par ses lésineries à la Cour et la ville entière, dînant de la moitié d'un poulet et donnant ordre d'en conserver l'autre moitié pour le lendemain ; cependant qu'il jetait l'argent par les fenêtres, organisant les fêtes les plus luxueuses pour charmer de belles dames et consacrant des sommes immenses à agrandir et à décorer Chantilly.

Il n'était rien moins qu'attaché à sa femme ; mais, sous prétexte qu'il l'aimait d'une tendresse extrême, il la rouait de coups. Finalement, il devint fou à lier, d'une folie au reste très divertissante. Il se croyait chien de chasse et poursuivait les gens de ses aboiements ; puis, tout au contraire, il se crut un chevreuil ou un lapin de garenne, que suivaient à la course ses meutes hurlantes, et il prenait la fuite au moindre bruit ; enfin, il fut persuadé qu'il était mort. De ce jour on l'appela le « mort vivant ». Sous couleur qu'il était mort, il ne voulait plus manger ; au fait ce n'était pas si mal raisonner ; son avarice aussi y trouvait son compte ; mais on parvint à lui faire comprendre que les morts ne laissaient pas que de manger et de bon appétit. N'avait-il jamais entendu parler des fameux banquets des Champs-Élysées? Il en avait entendu parler ; si bien qu'il consentit à se mettre à table avec des convives qui se prêtèrent, le plus obligeamment du monde, à passer eux aussi pour morts.

La femme de Monsieur le Prince, que [illegible] et la mère de la [illegible] duchesse du Maine, était née [illegible], fille de l'Électeur du Rhin. Douée [illegible] contre les humeurs de [illegible], un peu [illegible] aux effronteries [illegible] pieds [illegible] sans une [illegible] son mari. De [illegible], elle était entre les [illegible] une fée [illegible] de bonheur faisait [illegible] en [illegible] les [illegible] qui se trouvent [illegible] dans le ménage de sa [illegible] du duc du Maine ; mais [illegible] les répandu, la [illegible] femme, à [illegible] très hostile au [illegible], vexé, [illegible] parce [illegible] jalouse [illegible] et [illegible] et contre les [illegible] de ce [illegible] et en sa présence de cette cour, [illegible] insupportable, [illegible] M. du Maine lui rappelait plusieurs [illegible] la [illegible] littéraire de Boileau, [illegible] avec [illegible] sur le Prince [illegible] l'héros [illegible] presque [illegible] aimé de sa femme.

« [illegible], dit le poète, je serai toujours de l'avis de Monsieur le Prince, surtout quand il sera [illegible]. »

M. [le duc du] Maine était donc un homme doué d'un caractère tranquille, aimant à [illegible] les arts, les sciences et les lettres [illegible] que les ambitions politiques ; au point que la duchesse, impatiente, lui dit certain jour, en soulignant les rivalités qui opposaient l'une à l'autre les maisons d'Orléans et de Condé :

« Vous verrez qu'un beau matin, en vous réveillant, vous serez de l'Académie française et que M. le duc d'Orléans sera régent du royaume. »

En l'année 1700, M. du Maine avait acheté pour sa femme, des biens de M. de Seignelay, le domaine de Sceaux, au prix de 900 000 livres.

Louise-Bénédicte ambitionnait de faire de sa nouvelle résidence un second Versailles, par le faste et le luxe, le rayonnement des arts, l'éclat et la variété des divertissements.

Elle y groupa autour d'elle une cour de beaux esprits, en même temps que d'ambitieux, car on savait la grande situation que la prédilection de Louis XIV pour son fils préféré ne devait pas tarder à faire au duc du Maine. En attendant, au château de Sceaux, on traitait, tour à tour avec sérieux et frivolité, les sujets les plus divers.

Sceaux eut ainsi ses grands hommes, le beau et brillant cardinal de Polignac et l'habile M. de Malézieux. Celui-ci passait pour un cerveau encyclopédique : membre de l'Académie des Sciences et de l'Académie française, célébré par Fontenelle, loué par Voltaire, il était fort savant en astronomie, en mathématiques, en littérature, en grec, en latin ; il improvisait des vers, arrangeait des spectacles, jouant la comédie, à la fois érudit, lettré, magistrat, poète et homme d'affaires, et qui menait avec habileté celles que la duchesse du Maine ne lassait pas de lui confier. Un jour, occupé qu'il était à jouer la comédie, il renvoya les députés de la principauté de Dombes, venus à Sceaux pour le consulter ; car le duc du Maine était prince de Dombes et Malézieux son chancelier. Ses confrères de l'Académie le nommaient « Turlupin », « Polichinelle », « Arlequin ». Il les avait irrités par une bouffonnerie, où l'Académie était grossièrement satirisée, *la Scène du Polichinelle et du Voisin*, qui fut jouée à Sceaux, puis reprise à Paris aux éclats de rire de la foule. Et ce fut une guerre de libelles, violente, ardente, sans trêve, car les deux partis eurent leurs condottieri. Enfin Malézieux, fort malmené par ses spirituels confrères, fit afficher au coin des rues ces vers piquants :

> De la part de l'Académie,
> On fait savoir aux beaux esprits
> Qu'un veulent remporter un prix,
> Que celui de la poésie
> Sera pour qui dira le mieux
> Des injures à Malézieux.

Un autre académicien, messire Charles Claude Genest, abbé de Saint Wilmer de Boulogne, d'humble naissance, d'abord commerçant, puis copiste, puis libraire, secrétaire du duc de Nevers et toujours bel esprit, secondait Malézieux et tenait son rôle, quand celui-ci, malgré toute son activité, ne pouvait plus suffire à divertir la nombreuse et exigeante compagnie qui se pressait autour de la duchesse du Maine.

Autres familiers du château : M. de Mesmes, premier président au Parlement de Paris, la plus haute personnalité de la magistrature française, tout dévoué à la duchesse, ainsi que le jeune et brillant duc de Richelieu ; puis des poètes, Roy et La Motte, Voltaire, de qui la gloire était à son aurore, et M. de Saint-Aulaire, qui n'avait pas moins d'esprit qu'eux.

C'est M. de Saint-Aulaire qui, certain jour, mis en demeure par la capricieuse duchesse de lui rimer un madrigal, répondit par cet audacieux quatrain :

> La Divinité qui s'amuse
> A me demander mon secret,
> Si j'étais Apollon, ne serait pas ma Muse :
> Elle serait Thétis et le jour finirait.

Fréquentaient encore à Sceaux les Présidents de Romanet, de Blamont, de Maisons ; les abbés d'Auvergne et de Vaubrun, et tout un essaim de jeunes et jolies femmes, les duchesses de Nevers et d'Estrées, la marquise de Lambert, les comtesses de Brassac et d'Uzès, Mlle de Clermont, Mlle de Laugeron, et une troupe charmante de galants cavaliers qui avaient formé à Sceaux une manière d'ordre de chevalerie, mais fait pour le plaisir, l'ordre de la Mouche à miel. L'insigne des initiés se portait sur un ruban citron, avec cette devise : *Piccола sì, ma fa pur gravi le ferite* (Petite oui, mais dangereuses sont les blessures), souvenir de la devise que la petite-fille de sa taille avait fait donner à Louise-Bénédicte les jours de son mariage.

L'ordre de la Mouche à miel remplissait ses fonctions avec une activité inépuisable, car si ce n'étaient à Sceaux, durant ces journées et durant des nuits entières, que comédies et bergeries, fêtes champêtres et bucoliques — dans le style du charmant Watteau — jeux partis et mascarades, ballets, pantomimes et ballets. Au reste, n'est-ce pas dans les salons de la duchesse du Maine que l'on entendit, sous la direction de son maître de chapelle, l'habile Mouret, les premiers concerts de musique de chambre et que l'on vit les premiers ballets pantomimes qui aient été donnés en France?

Sous ces dehors brillants et futiles cheminaient cependant les plus vivantes ambitions. Depuis que le duc du Maine, par l'édit de 1714, avait été déclaré apte à succéder à la couronne, sa femme avait vu s'ouvrir devant elle des espoirs sans horizon. Tandis que la Cour de Sceaux vivait dans une fête incessante, les héritiers immédiats du trône mouraient l'un après l'autre, et, par degrés, le duc du Maine était rapproché du pouvoir royal. Radieuse d'espérance et d'orgueil, la duchesse sentait se rallumer en elle la flamme qui avait animé le grand Condé.

Sur ces entrefaites, le 1er septembre 1715, Louis XIV s'éteignait et, tout en donnant à son neveu, le duc d'Orléans, le titre de Régent du royaume, il mettait, par son testament, la plus grande partie du pouvoir effectif entre les mains du duc du Maine, en lui confiant l'éducation du jeune roi et le commandement des forces militaires. Mais, dès le 2 septembre, le testament était modifié, le duc du Maine dépouillé des principaux avantages que lui avait faits le feu roi ; encore cet arrêt ne suffit-il pas. Sous la pression du duc de Bourbon, qui voyait avec aigreur le duc du Maine et le frère de celui-ci, le comte de Toulouse, placés avant lui dans l'État, le duc d'Orléans venait d'obtenir, en un nouveau lit de justice, tenu le 26 août 1718, que le Parlement enlevât à l'élève de Mme de Maintenon les derniers privilèges que le Grand roi lui avait accordés. De quelle hauteur tombaient les rêves ambitieux de Louise-Bénédicte de Bourbon ! Son orgueil en fut blessé profondément. Après le premier moment d'exaltation, ce fut une dépression, qui fit craindre pour sa santé. « C'était un accablement, disaient ceux qui la veillent, c'était une prostration semblable à l'entière privation de la vie. » A Mme de Maintenon, qui voulait la consoler, elle répondait : « Il est bien plus affligeant pour moi de voir M. du Maine dégradé que de le voir mort. » Ces mots laissaient prévoir qu'elle devait être capable de se ressaisir. L'âme du grand Condé semblait revivre en elle...

III

SOUS LES ORMES DU MAIL.

Le lendemain du jour où la duchesse du Maine avait vu ses grands projets s'effondrer au Parlement, Rosette, sa fine et spirituelle lectrice, était venue se promener sous les ormes du mail. Car le mail bordait de ses grands arbres les murs noirs de l'Arsenal, longeant la berge de la Seine, ou plutôt l'étroit bras du fleuve qui séparait alors de la rive droite la petite île Louviers. De longs roseaux en garnissaient les bords où, dès la tombée de la nuit, les grenouilles faisaient entendre leurs grêles coassements.

C'était une belle matinée d'août, baignée de chaude lumière.

Le mail était comme un prolongement des jardins de l'Arsenal ; aussi les habitants de l'hôtel occupé par le grand maître de l'artillerie y venaient-ils s'y promener à des heures matinales comme s'ils s'y trouvaient encore chez eux. Les rares passants ne s'étonnaient donc pas de croiser cette jeune et jolie personne, presque en négligé : une robe du matin, à longs plis qui lui tombaient tout droit des épaules et allaient s'élargissant vers le bas sur un demi-panier ; l'étoffe en était de toile claire, couleur beige, nouée par de légers rubans de moire blanche aux épaules et sur la nuque. Des manches en pagode, c'est-à-dire largement ouvertes, avec un retroussis jusqu'à la saignée du bras, sortaient les mains fines aux ongles allongés. Rosette était en cheveux, ses beaux cheveux châtain clair légèrement relevés au-dessus de la nuque par un peigne en perles d'ambre transparent. Dans sa main elle tenait l'ombrelle à la mode, de taffetas rose pâle garni de dentelles, dont la canne, presque aussi haute qu'elle-même, était nouée à son pommeau d'un flot de rubans blancs.

Rosette s'était assise sur un banc, d'où elle regardait les joueurs de boule qui, à l'ombre des ormes touffus, faisaient leur partie, l'air tout à la fois très philosophe et très animé. Elle paraissait prendre plaisir à leurs mouvements, à la manière dont chaque joueur lançait sa boule, le corps plié en avant, et puis se redressait progressivement pour en suivre la course d'un regard intéressé et juger du résultat final. Et c'étaient des imprécations triviales, mais joviales, quand le coup était manqué ; des cris de triomphe, d'un triomphe bon enfant, quand on avait réussi. Puis, Rosette regardait glisser sur les eaux du fleuve les lourdes péniches chargées de bois dégrossi, les gabarres où s'empilaient les tonneaux noirs, parmi des amas de légumes, les barques entoilées qui transportaient les fruits et les grains, les galiotes pavoisées avec leurs passagers, descendant ou remontant la Seine ; — à la remonte les bateaux étaient tirés par les chevaux de halage qui longeaient la berge opposée ; mais la pensée de Mlle de Launay était ailleurs, loin de là, loin d'elle-même.

Par delà le fleuve, sur la rive gauche, se dressaient les maisons disséminées du port Saint-Bernard, ordonnant leurs hautes toitures parmi les bouquets d'aunes et de peupliers ; des enseignes branlantes pendaient à leurs tringles de fer ; de bonnes gens causaient à l'huis d'un cabaret, où les bavardes commères piquaient la note joyeuse de leurs cotillons rouges et de leurs casaquins blancs ; devant elles passait un groupe de maraîchères, portant sur la tête des paniers remplis de prunes bleues ou jaunes ; elles croisaient un troupeau de vaches que les bouviers poussaient lentement au marché, en aval, dans la direction du fort de la Tournelle, dont on apercevait, par-dessus les chantiers de l'île Louviers, les tours rondes et pointues.

Les yeux de Rosette avaient une expression triste, si triste qu'elle en semblait presque hors de saison parmi ce clair soleil du matin. Le chagrin profond où

était tombé la duchesse du Maine réagissait sur elle ; et puis le cœur de Rosette, lui aussi, avait des soucis.

Immobile sur son banc, perdue en sa rêverie, la jeune fille paraissait-elle dormir? Un batelier, debout à l'arrière d'une barque plate, qu'il conduisait à l'aide de sa gaffe ferrée, lui cria gaiement **en passant** devant elle :

Réveillez-vous, belle endormie !

Rosette dressa la tête ; mais le batelier déjà était loin, continuant sa chanson dont les vers suivants arrivaient en notes graduellement affaiblies :

> Réveillez-vous, car il est jour :
> Levez la tête ici, ma mie,
> Vous entendrez parler d'amour.

La barque s'éloignant encore, Rosette n'entendit plus rien et retomba profondément en sa méditative mélancolie.

Si bien qu'elle ne vit pas M. de Maisonrouge, qui, en amont, du côté de l'estacade, débouchait à l'extrémité du chemin. Les jardins de la Bastille communiquaient immédiatement avec ceux de l'Arsenal, d'où l'on arrivait au mail. Et M. de Maisonrouge avait l'habitude de venir voir les joueurs de boule, en manière de distraction. Il aperçut Rosette, assise **sur le banc** de bois peint en vert et **vint à elle**. Il marchait lentement. Rosette, pensive, ne l'apercevait pas.

L'ombre de l'allée était piquetée, de place en place, de taches lumineuses par les rayons du soleil qui traversaient le feuillage épais.

— Rosette, murmura Maisonrouge.

La jeune fille eut comme un geste d'effroi.

— Je vous fais peur...

— Oh ! non, dit-elle avec un rapide sourire.

— Savez-vous bien, poursuivit le lieutenant du roi, que, en vous voyant assise ainsi sur ce banc, si gracieuse, et si sérieuse, et si charmante... comme toujours, je pensais à ce qu'écrit La Bruyère dans son chapitre sur « les Grands ».

Rosette eut comme un éclat de rire, et d'un ton de voix très gai :

Je voudrais bien savoir ce que ce La Bruyère,
Monsieur le lieutenant, vient faire en notre
affaire?

... Vous voyez, monsieur de Maisonrouge, que je ne puis perdre la mauvaise habitude de faire des vers.

— Mademoiselle, voici ce que dit La Bruyère et vous le savez aussi bien que moi :

« L'avantage des Grands sur les autres hommes est immense par un endroit. Je leur laisse la bonne chère, leurs riches ameublements, leurs chiens, leurs chevaux, leurs singes, leurs nains, leurs fous et leurs flatteurs ; mais je leur envie le bonheur d'avoir à leur service des gens qui les égalent par le cœur et par l'esprit et qui les passent quelquefois. »

— Oh ! monsieur, vous êtes vous-même un vil flatteur, fit Rosette, avec une petite moue, mais qui marquait de la satisfaction ; tenez, asseyez-vous là, à côté de moi.

Et elle se rangea pour faire place au lieutenant du roi, auprès d'elle, sur le banc vert.

Mais Maisonrouge resta debout. Il regardait la jeune fille, longuement, profondément. Il y eut un moment de silence, où se glissa une rapide émotion.

— Ah ! Rosette, Rosette ! dit l'officier, en continuant de tenir son regard fixé au sien, Rosette, petit cœur en émoi...

Et Mlle de Launay, toute brusque :

— Oui, c'est cela, parlez-moi.

Maisonrouge poursuivait :

— Petit cœur qui s'éveille ! Comme au bourgeon qui perce au printemps son enveloppe, il lui faut du soleil, de la lumière, de l'air pur... ce qui féconde et donne la vie.

— Oui, c'est cela, dit Rosette, continuez, vous me faites du bien... Vous me comprenez, vous, peut-être mieux que je ne me comprends moi-même... vous que je ne connais que d'hier et qu'il me semble connaître depuis toujours... Oh ! oui, parlez-moi, rassurez-moi ; j'ai peur, peur de moi-même, peur de je ne sais quel danger, d'un danger qui m'effraie, mais qui m'attire, vers lequel je voudrais m'élancer, à corps perdu, de toute mon âme...

Maisonrouge était toujours debout devant la jeune fille. Il mit d'un geste lent sa large main sur son front où bouclaient des cheveux si fins :

— Petite tête amoureuse, murmura-t-il.

Puis, retirant vivement sa main :

— Oh ! pardonnez-moi.

Mais Rosette, avec un sourire qui vint à peine effleurer le coin de ses lèvres :

— Non... vous êtes bon.

Encouragé, Maisonrouge poursuivait :

— Prenez garde, Rosette... il est bien jeune...

— Seriez-vous jaloux?

— Non ; si j'étais jaloux, je n'oserais le montrer à mon âge... Au tournant de la vie où je suis parvenu, on n'aime plus une femme pour soi ; on l'aime pour elle ; et dans le cas où elle ne vous aimerait pas, on lui demeure reconnaissant de l'amour même qu'elle a encore su vous inspirer

Au contact de cette pensée bonne et profonde, Rosette se sentit touchée jusqu'au fond d'elle-même ; mais, par le mouvement réflexe qui se produit presque toujours en un pareil moment, ce n'est pas à Maisonrouge qu'elle pensait ; c'était à celui-là même auquel Maisonrouge faisait allusion. Ses traits se contractèrent.

— Vous souffrez, dit le lieutenant du roi.

— Non, non.

— Diable ! mais c'est plus profond que je ne pensais.

— Hé oui !... je l'aime...

L'officier de la Bastille répondit sur un ton qu'il aurait voulu rendre plaisant :

— Et comment cette grande passion a-t-elle bien pu vous venir?

— Sur quel char invisible, dit la jeune fille, descend sur nous le petit dieu d'amour? M. de Ménil ne m'a jamais distinguée ; il me taquine parfois, et parfois me raille même durement. Je suis peut-être la seule femme de sa connaissance à laquelle il n'ait jamais fait la cour. Oh ! non, il ne m'aime pas... Mais je veux qu'il m'aime, il le faut !

— Rosette, Rosette, reprenez-vous.

— Le puis-je? Je suis dans la voie sans retour. Je n'y vois qu'une issue pour moi, c'est de le trouver au bout de ma route... et je l'y trouverai...

— Sérieusement, Rosette, vous m'effrayez...

— Pourquoi? répondit avec vivacité la jeune fille, et ses pommettes pâles se coloraient. Pourquoi? La volonté ne peut-elle triompher d'un obstacle? Ne s'impose-t-elle pas à la sympathie?

— Oui, dit Maisonrouge ; mais à l'amour?

— Et pourquoi pas à l'amour? répliqua Rosette, si vivement que M. de Maisonrouge en eut un mouvement de recul.

— Hé ! mademoiselle, dit-il en riant un peu, de grâce, ne vous fâchez pas !

Puis, après un moment de silence et d'un ton redevenu très sérieux :

— Allons ! puissiez-vous réussir, Rosette, petite tête amoureuse...

— Vous me l'avez déjà dit.

— Au revoir.

— Au revoir, dit Rosette.

Elle avait détourné les yeux et ne le regardait plus.

Elle suivit vaguement le bruit de ses pas qui se perdaient progressivement sous les ormes. Et voici que, en s'éloignant sur le chemin, en devenant de plus en plus faible, ce bruit de pas, qui déclinait au long de l'allée ombreuse, entraîna insensiblement la pensée de la jeune femme, par une association d'impressions instinctive, vers ce qui était déjà au loin dans sa vie à elle, dans son passé, vers sa première jeunesse.

Sa mémoire la remena à l'image de son père, de qui elle n'avait conservé qu'un souvenir indécis, car elle était encore toute petite quand il les avait quittées, sa mère et elle, pour des motifs demeurés inconnus. Il s'était retiré en Angleterre. Sa mère, jeune, belle et pauvre, avait trouvé une retraite dans une abbaye en Normandie, dont l'abbesse, Mme de La Rochefoucauld, l'avait reçue à la sollicitation de quelques amis, sans lui demander de pension. Et voici que de menus souvenirs, plus précis, venaient se rattacher à ces lignes générales. Rosette se remémorait, dans ce moment, l'affection que cette digne abbesse témoignait aux chiens malheureux et estropiés. Un jour, petite fille, Rosette avait marché par distraction sur la patte d'une de ces pauvres bêtes qui s'était mise à pousser des cris pitoyables. L'abbesse en avait froncé le sourcil, mais Rosette spontanément était allée se jeter à genoux, vis-à-vis du chien, au milieu de la salle, en lui demandant très humblement pardon. La colère de l'abbesse en avait été désarmée et l'excellente dame avait rendu à l'enfant toute sa bonne grâce

Puis Rosette était passée au couvent de Saint-Louis, à Rouen, dont une amie de sa famille, Mme de Grieu, venait d'être nommée supérieure. Mme de Grieu avait pour elle la plus vive tendresse et le couvent tout entier était devenu comme un petit État où la fillette avait régné en souveraine. On n'y songeait qu'à prévenir ses désirs, qu'à satisfaire ses moindres caprices. Elle logeait dans un appartement agréable et commode ; quatre religieuses ou converses n'avaient d'autre occupation que de la servir, toute la maison lui rendait une espèce de culte. Là, elle avait grandi, prenant l'habitude d'être écoutée, admirée, obéie. D'où lui semblait plus lourde à supporter sa condition présente.

Tout à coup le cœur de Rosette battit plus fort. Au cours de cette rapide revue du passé qui se taisait en elle, sans qu'elle l'eût appelée, sans même qu'elle y eût songé, comme il arrive en nous dans les moments des émotions profondes, elle abordait un endroit qui lui parut éclairé de lumière, mais où, pour la première fois, son cœur s'était ému

Au couvent de Saint-Louis, était venue demeurer une demoiselle de Silly, d'un caractère aimable, mais très ferme, à laquelle Rosette s'était attachée tout de suite avec la charmante vivacité des premiers sentiments. Les deux amies échangeaient leurs jeunes impressions, celles qu'elles tiraient de la vie, celles qu'elles tiraient des livres Mlle de Silly inclinait vers la philosophie et parlait de Descartes ; mais Rosette préférait les œuvres d'imagination, les romans, voire le romanesque.

Vinrent les mois de vacances. Mlle de Silly emmena son amie au château où demeuraient ses parents. On attendait le retour du jeune M. de Silly qui, fait prisonnier par les Anglais à la bataille d'Hochstaedt, avait obtenu de revenir en France sur parole, pour soigner en Normandie, par l'air natal, sa santé qui dépérissait sous les brumes anglaises. Il arriva : Rosette, dès qu'elle le vit, fut frappée par l'agrément de son visage, par le charme qui se dégageait de ses moindres mouvements : il parlait bien et avec grâce. Mais il était sauvage, se tenait à l'écart, renfermé durant des journées entières dans sa chambre, lisant beaucoup, se promenant seul. Hors des heures de repas, on ne le voyait guère. A l'égard de Rosette, il affectait visiblement de l'indifférence, et presque de la méfiance. De ces dédains, Mlle de Launay s'était sentie piquée Elle s'en était ouverte à son amie, par une après-dînée d'automne, quand elles étaient assises toutes deux dans le jardin, à l'ombre d'une charmille. La conversation avait été surprise par celui-là même qu'elle intéressait, et avait produit en lui un grand changement. De ce moment, il s'était montré d'allure toute différente ; il était devenu attentionné, ne quittant plus sa sœur ni son amie. Promenades, lectures, tout s'accomplissait en commun. Et voici que Rosette se souvenait avec précision de ces heures qui lui avaient paru si agréables, passées en compagnie de quelqu'un qui lui plaisait et qui l'écoutait avec un intérêt flatteur.

Un soir — et il lui semblait en ce moment qu'elle y était encore — elle se trouva seule avec M. de Silly. Après s'être arrêtés un instant à regarder les chasseurs d'oiseaux au bord de la rivière et s'être divertis à l'habileté avec laquelle ils imitaient le cri des sarcelles et celui des poules d'eau pour les attirer, les jeunes gens avaient pris à travers champs, afin de regagner plus vite le château. Rosette, tant le souvenir de cet instant était demeuré vif pour elle, se rappelait jusqu'à la couleur du ciel, où l'azur de l'air et les teintes du soleil couchant se mêlaient en des nuances d'un vert tendre, autour du mince croissant, très pâle dans la lumière, de l'astre des nuits. M. de Silly marchait à côté d'elle dans une grande prairie, sans rien dire, l'air embarrassé. C'était comme une gêne, qui, sans motif explicable, s'était subitement retrouvée entre eux. Peut-être le jeune officier craignait-il dans cet instant que sa compagne ne s'abandonnât à lui communiquer les sentiments qu'il croyait avoir démêlés en elle ; mais elle en était loin. Elle lui parla de la beauté des champs, du labeur tranquille des paysans ; elle lui fit remarquer combien les fumées qui s'élevaient toutes droites des toitures de chaume vers un ciel tendu de pâle lumière, mettaient de calme autour d'eux ; puis, la nuit arrivant, elle lui avait fait observer la voûte du ciel, les étoiles qui gravitaient en leurs espaces infinis et qui ne se trouvaient pas à la même place d'une saison à l'autre. A dater de ce moment, M de Silly n'avait plus craint de se trouver seul auprès d'elle. Cependant il partit et bientôt lui écrivit des lettres auxquelles elle trouva plaisir à répondre. Elle rentra à Rouen. Etait-ce de l'amour qu'elle avait alors éprouvé ? Un amour qui ne parle ni ne s'avoue, mais qui occupe l'âme et l'entoure de douceur ; émotions qui, dans l'état où elle se trouvait à présent, souffrant en son cœur bourrelé et meurtri, lui semblaient d'un charme délicieux.

Au reste, M. de Silly ne l'avait pas oubliée A des dates régulières, ses lettres lui parvenaient encore ; et il lui semblait même que l'intérêt qu'il lui témoignait, comme s'il eût été développé par l'absence, se marquait dans cette correspondance de jour en jour plus fortement.

Bientôt Mme de Grieu était morte. Une autre abbesse avait été nommée, qui n'avait pas voulu garder Rosette, car la jeune fille était trop pauvre pour payer pension.

Et Mlle de Launay se revoyait débarquant à Paris, menacée de la pire misère, accompagnée de Mlles de Neuville, des amies qu'elle avait connues au couvent. Elle était descendue au petit hôtel de Châtillon ; jours tout proches de ceux qu'elle vivait présentement. Son ambition se haussait alors à trouver une place de gouvernante dans une maison considérable. Quelle déchéance après les rêves qui avaient bercé ses premières années ! Et Rosette pensait à ses démarches chez plusieurs personnes pour lesquelles on lui avait donné des lettres de recommandation, afin qu'elles lui cherchassent ce qu'on appelle une situation.

Détresse dont elle avait presque rougi ; du moins elle l'avait cachée dans ses réponses aux lettres que lui écrivait M. de Silly.

Ainsi elle avait été amenée à Sceaux, chez la duchesse du Maine. Oh ! les tristesses de ces débuts dans la domesticité d'une grande maison ! L'âme de Rosette en était encore froissée. On avait commencé par lui donner, pour son partage, les chemises à bâtir. Avec l'éducation la plus accomplie, elle se trouvait précisément inhabile à bâtir des chemises. Mme la duchesse ne parvint jamais, quelque bonne volonté qu'elle y mît, à entrer dans celles que sa nouvelle femme de chambre lui avait confectionnées. Elle la changea donc de service et l'attacha immédiate ment à sa personne. Autre embarras, car Rosette ne se trouva pas plus adroite à ces nouvelles fonctions qu'à la coupe des chemises. Un jour, à sa toilette, la duchesse lui demande de la poudre. Rosette prend la boîte par le couvercle et en répand le contenu sur sa maîtresse.

Celle-ci lui dit très doucement :

— Quand vous prenez quelque chose, il faut que ce soit par le bas.

Elle nota si bien ce précepte que le lendemain, comme la duchesse lui demandait de lui apporter sa bourse, Rosette la prit très exactement par le fond et se trouva tout étonnée de voir une centaine de louis se répandre aussitôt sur le parquet. Mais voici que les fêtes, les divertissements, les spectacles, les jeux d'esprit, dont Mme du Maine avait un perpétuel besoin, mettent enfin Rosette en lumière. Son esprit y éclate ; sa grâce, son charme et l'étendue de son instruction l'y font admirer. Elle compose des comédies où duchesses et académiciens tiennent des rôles ; elle écrit des lettres sur les événements du jour qui sont copiées et se répandent dans Paris comme celles des auteurs en renom ; elle inspire au vieil abbé de Chaulieu une passion foudroyante et dont elle tire d'autant plus d'honneur qu'elle l'enlève à la duchesse de Bouillon. Perclus de goutte, aux trois quarts aveugle, le bon abbé, que Voltaire nommait son maître, continuait d'être recherché pour son esprit, pour son entrain, pour la vivacité de ses saillies et son cœur toujours jeune. Il s'était successivement enflammé pour Mlle Le Rochois, pour Mme d'Aligre, pour la marquise de Lassay, pour la duchesse de Bouillon. A chacune d'elles il avait adressé des vers que l'on avait redits dans tous les salons et dans toutes les ruelles de Paris ; c'était devenu pour une femme comme une couronne poétique d'êtres aimée de l'abbé

de Chaulieu, et voici que cette couronne brillait sur le front de Rosette qui se remémorait les derniers vers composés pour elle par son adorateur :

J'ai deux besoins que je ne puis te taire,
D'eux seuls dépend le bonheur de mes jours,
L'un est de t'adorer et l'autre de te plaire :
De te plaire sans fin, de t'adorer toujours.

Du moment où j'aurai cessé d'y satisfaire
Je n'aurai plus pour longtemps à souffrir :
L'existence dès lors ne me sera plus chère :
Je n'aurai qu'un besoin, ce sera de mourir.

Assurément Rosette occupe encore à l'Arsenal un entresol si sombre qu'elle y marche pliée et à tâtons, ne pouvant y respirer faute d'air, ni s'y chauffer, faute de cheminée ; mais il lui est permis de se dire, pour se consoler, que les plus grands seigneurs, à la Cour de Versailles, ou bien au Palais-Royal, ne sont pas mieux logés ; et du moins, dans la vie mondaine que ses fonctions nouvelles auprès de sa princesse lui font mener, dans ces salons aux décors brillants où bourdonne la société la plus élégante et la mieux chaussée, elle est enfin à son rang, au rang que lui assignent et sa naissance et son éducation ; à la place où sa grâce naturelle, la vivacité de son esprit et l'étendue de ses connaissances lui assurent une étincelante supériorité.

Aussi, quelles que puissent être les différences de condition et de fortune, chacun l'y traite-t-il d'égal à égal.

Et voici qu'enfin, dans cette rapide revue du passé, Rosette est parvenue à la journée de la veille ; elle se revoit dans le salon de musique aux boiseries blanches, aux meubles tendus de soie vert d'eau ; parmi les groupes animés lui apparaît le chevalier de Ménil en son justaucorps de grisette grise en pluie d'argent ; elle l'entend mêler ses déclarations animées aux propos les plus bruyants, elle le voit s'avançant vers la duchesse du Maine, s'inclinant jusqu'à ses pieds, puis se relevant pour lui dévouer sa vie entière.

Ici s'arrêta la pensée de Rosette ; elle s'arrêta devant elle-même, n'apercevant plus l'exaltation de son âme ; et l'eût-elle vue, qu'elle se fût trouvée impuissante à en avoir raison.

Elle aimait, elle souffrait et elle éprouvait une cruelle jouissance à augmenter sa souffrance par les plus décevantes pensées. Pourquoi aimait-elle M. de Ménil, qui ne prêtait nulle attention à elle? elle n'en savait à peu près rien ; elle l'avait aimé dès qu'elle l'avait rencontré. Pourquoi n'aimait-elle pas M. de Maisonrouge, qui l'adorait si fort qu'il osait à peine le lui dire? elle n'en savait rien non plus ; elle n'éprouvait pour lui qu'une sincère amitié. Mais si M. de Ménil ne devait jamais l'aimer, autant valait mourir Cette âme exaltée possédait cependant la plus grande énergie : elle ne voulait pas renoncer au bonheur sans avoir essayé par tous les moyens de le conquérir.

Ainsi, malgré son abattement, Rosette réfléchissait... M de Ménil ne lui parlait presque jamais, il évitait même les occasions d'être seul avec elle, comme s'il eût pénétré le secret de son cœur, comme s'il eût voulu éviter toute conversation où l'ombre d'une confidence se serait répandue. Il consacrait à la duchesse du Maine toutes ses grâces et tout son temps. Eh bien, Rosette l'obligerait à demeurer en tête à tête avec elle... Il n'y avait aucune chance qu'il arrivât à séduire la duchesse. Celle-ci, fière du sang des Condé qui coulait dans ses veines, se croyait quasiment de race divine ; elle pouvait tolérer, accepter même avec plaisir, les hommages d'un simple mortel, comme une déesse accepte les témoignages d'admiration de ses fidèles ; mais elle n'avait même pas l'idée que M. de Ménil pût prétendre à quelque droit sur elle. Un roi seul serait capable de lui faire oublier ses devoirs.

Rosette, si le hasard ou sa volonté lui ménageait de longues heures d'entretien avec le chevalier ne doutait pas qu'elle ne réussît à le conquérir. Une femme jeune, jolie et spirituelle, a de bonnes armes entre les mains, et n'était-elle pas spirituelle, jeune et jolie? Oui, mais comment diriger les circonstances pour les rendre favorables à son dessein? Elle hocha la tête comme si elle formait un rêve irréalisable Les minutes s'écoulaient ; elle restait sur son banc sans rien découvrir de ce qu'elle cherchait. Brusquement, elle revit ce cercle de gentilshommes vociférant : « A bas le Régent ! » avec une ardeur telle, qu'elle en paraissait bien sincère.

Une joie soudaine brilla dans les yeux de Mlle de Launay, puis un ironique sourire erra sur ses lèvres, et, pareille à Archimède, elle murmura : — ne savait-elle pas le grec, Rosette, comme M. Dacier? — « Euréka ! »

Au moment où Rosette se levait en murmurant « Euréka ! », un grand valet de pied, en livrée couleur citron à galons d'or, penché sur la rampe du balcon qui régnait au premier étage de l'Arsenal, lui criait, les mains posées au-devant de la bouche, en manière de porte-voix :

— Mademoiselle, Mme la duchesse vous attend pour le dîner !

Une heure, déjà ! vite. Rosette se sauve, en prenant sa longue ombrelle sur son épaule, comme un soldat prend son mousquet. Comment trouver encore le temps de se vêtir, pour paraître auprès de sa princesse à l'heure du repas? Mais Rosette pense que, en ces jours de désordre, de trouble et d'agitation, un retard sera sans doute permis.

Depuis longtemps les joueurs de boule ont quitté les ombrages du mail et l'on n'entend plus, sous les ormes au feuillage immobile, que le frêle murmure des roseaux flexibles, des roseaux qui frissonnent au passage de l'eau.

IV

ROSETTE CONSPIRE.

La journée fut employée en courses. La duchesse du Maine avait demandé à sa jeune lectrice d'aller remettre elle-même à leur adresse plusieurs lettres qui toutes, disait-elle, étaient de la dernière importance. Rosette était nerveuse, fébrile. Quand, le soir, elle se trouva seule, elle resta debout dans sa chambre, allant, venant, jusqu'à deux heures du matin, sans parvenir à se mettre au lit ; puis, la tête sur l'oreiller, elle tourna et retourna le projet si subitement conçu dans la journée, sous les ormes du mail. Le lendemain, elle retrouva sa maîtresse dans un accablement plus grand encore que la veille ; ne prononçant pas une parole, soupirant parfois. On eût dit un de ces sommeils léthargiques dont on ne sort que par des mouvements convulsifs.

Comme le Parlement retirait à M. le duc du Maine la résidence de l'Arsenal et celle des Tuileries, il avait été décidé que bientôt l'on gagnerait Sceaux et l'on était dans la fièvre d'un hâtif déménagement. A peine la duchesse prêta-t-elle attention à Mlle de Launay qui s'inquiétait de sa santé.

Mlle de Launay, en la quittant, sans avoir rien révélé des secrets projets qui s'étaient encore précisés dans sa pensée pendant la nuit, entra dans le salon de musique. M. de Ménil le traversait :

— J'ai l'honneur, mademoiselle, d'être votre serviteur, dit-il en s'inclinant.

Et tout aussitôt il ajouta :

— Mme la duchesse est-elle visible?

— Non, pour le moment, monsieur le chevalier, répliqua Mlle de Launay.

Puis elle montra un siège :

— Voudriez-vous me faire l'honneur de m'accorder quelques minutes?

M. de Ménil s'assit, et, sans enthousiasme, répondit :

— Volontiers.

Il y eut un court silence.

Par les hautes fenêtres le jour pénétrait, clair et joyeux. A cette vive lumière, les rehauts blancs des boiseries de Boffrand prenaient encore plus d'éclat et brillaient par contraste avec les ombres noires des ciselures, des rocailles et des rinceaux chantournés, des bouquets en bois sculpté.

Rosette, très émue, ne savait comment commencer l'entretien. Enfin, brûlant ses vaisseaux, elle demanda :

— Etes-vous toujours résolu à tout entreprendre pour rendre à Mme la duchesse du Maine ce qu'elle a perdu?

— Mais, plus que jamais ! s'écria-t-il.

— A tout entreprendre, répéta Mlle de Launay, même ce qui pourrait offrir pour vous un grand danger?

— Mais, certainement ; en doutez-vous donc?

Une telle ardeur déchira le cœur de Rosette ; mais elle sut dissimuler ce qu'elle éprouvait, et, de l'air le plus calme, elle poursuivit :

— Puisque monseigneur le Régent a dépouillé M. le duc du Maine de ses droits, M. le duc du Maine doit reprendre au Régent la place que celui-ci a usurpée.

— Mais comment? interrompit M. de Ménil.

— Laissez-moi achever. Je suis certaine que Sa Majesté le roi d'Espagne accomplira tout ce qui sera en son pouvoir pour remettre en France l'autorité dans les mains de celui qui doit la tenir... De plus — écoutez-moi bien — la Bretagne a le Régent en horreur... L'abbé Brigaud racontait l'autre jour que les Bretons croyaient que l'abbé Dubois avait au bas du dos une queue comme le diable. Les grands Parlements de province sont irrités depuis longtemps contre le Parlement de Paris qui s'arroge, à leurs dépens, des prérogatives exorbitantes. Le lit de justice ne fera qu'augmenter leur ressentiment... Vous me comprenez bien, monsieur de Ménil?... Toute une partie de la noblesse est dévouée au duc du Maine... De plus, le Régent a trahi, envers les Stuarts, la politique traditionnelle de Louis XIV... Vous me suivez bien?

— Mais, mais... bredouilla M. de Ménil stupéfait... c'est une...

— Une conspiration... n'ayez pas peur du mot. Philippe V, roi d'Espagne et petit-fils de Louis XIV, nous donne son appui... la Bretagne se soulève... M. de Pompadour a **toute** la **confiance** de Jacques Stuart : il le convaincra de créer en Écosse une diversion... Une partie de la noblesse nous prêtera son concours... Mais oui, c'est une conspiration... En êtes-vous?

— Si j'en suis ! s'écria M. de Ménil, revenu de sa surprise, si j'en suis ! mais de tout mon cœur, **de toutes mes forces** ! Vous êtes un prodige, Rosette. Je ne vous admirerai jamais assez.

— Et voyez, continua Mlle de Launay, combien dans une telle entreprise vous **pouvez mériter de la duchesse du Maine.** Vous l'aimez...

— Oui, je l'aime, fit-il avec un accent qui amena presque des larmes aux yeux de Rosette.

— **L'important est de tout centraliser** pour que ces diverses actions se combinent... Il faudrait un secrétaire habile, intelligent, entièrement dévoué à la duchesse... Ah ! c'est une tâche ingrate... Diriger les autres, les guider, tenir tous les fils d'une vaste intrigue... Conseillez-moi : connaissez-vous quelqu'un qui puisse remplir ce rôle?...

— Mais moi ? s'écria M. de Ménil, en se levant.

Un sourire passa sur les lèvres de Mlle de Launay : l'oiseau venait au piège.

— Vous? fit-elle finement, mais **vous** êtes toujours si occupé... Les belles dames vous réclament... Vous êtes de toutes les fêtes... Non, non, ce ne peut être vous

— Ce sera moi et nul autre, affirmat-il... Seulement, je veux un second... et ce second, ce sera **vous**, si vous le voulez bien, mademoiselle. Puisque vous **avez** eu l'idée de cette admirable conspiration, vous devez y prendre, dans l'exécution, la même part que moi...

— Cela **vous** ennuiera de toujours travailler avec moi... car nous serons souvent ensemble, presque toujours.

Il haussa les épaules, avec un manque assez vif de galanterie.

— Qu'importe en effet, dit Rosette, puisque nous travaillerons pour le bonheur de la duchesse.

M. de Ménil fit quelques pas... il était au plus haut point de l'exaltation... En son imagination amoureuse, il voyait déjà le Régent exilé, le duc du Maine mis à sa place, la duchesse presque reine de France... et lui-même comblé de faveurs inespérées !... Mlle de Launay l'observait avec un frémissement de joie. Elle ne comptait pas que sa ruse trouverait un succès aussi rapide. Délices secrets du chasseur qui voit le gibier s'engager inconsciemment dans ses rets ! Elle regarda ses longues mains nerveuses, et il lui sembla qu'elles retenaient à jamais prisonnier M. de Ménil. Soulever toute la France pour conquérir un cœur rebelle : quel rêve !... et quelle audace !

— Montons tout de suite chez Mme la duchesse, dit M. de Ménil.

— Je cours la prévenir, répondit Mlle de Launay, qui disparut.

M. de Ménil, toujours agité, continuait à se promener à grands pas. Cette petite Rosette, quelle maîtresse femme, tout de même ! quelle ingéniosité ! quelle énergie ! Il soupçonnait bien qu'elle l'aimait : M. de Malézieux l'en avait averti. Elle aurait dû lui garder rancune de son indifférence. Au contraire, elle l'aidait à réaliser ses plus chers désirs. Que les femmes sont étranges ! ou fallait-il que celle-ci l'aimât d'une façon peu commune, pour ainsi se sacrifier. Son propre nom, « Ménil », prononcé d'une voix claironnante, l'arracha à ses pensées. Il se retourna : c'était le joyeux abbé Brigaud, qui entrait, suivi du jeune et brillant duc de Richelieu et de M. de Pompadour. En quelques mots, il les mit au courant. L'abbé Brigaud sauta de joie ! il se faisait fort de soulever à lui seul la Bretagne tout entière. Conspirer, conspirer ! être un nouveau cardinal de Retz ! Toute sa vie il avait souhaité d'être un jour appelé à nouer des trames ténébreuses et il croyait bien mourir sans avoir eu cette joie. M. de Richelieu, masquant sous une froideur distinguée une grande satisfaction, mettait de lui-même aux ordres de la duchesse le régiment dont il était colonel et le port de Bayonne auquel il commandait. M. de Pompadour faisait sonner haut son amitié avec le Prétendant Stuart. Déjà, avant même de savoir le sentiment de la duchesse, ils élaboraient des plans, composaient des déguisements, se partageaient le pouvoir. Comme on allait s'amuser !

Pendant ce temps, Rosette était chez la duchesse. Elle ne s'y était pas rendue sans trouble. Bien qu'elle connût les immenses ambitions de sa maîtresse, et son incomparable vanité, et son incessant besoin d'agitation, elle craignait que la duchesse du Maine ne jugeât ce projet de conspiration trop dangereux et trop vaste. L'accablement, qui possédait sa maîtresse ce matin même, inspirait surtout à Rosette cette peur : elle n'avait plus trouvé, en cette femme à présent inerte, l'énergie indomptable à laquelle elle était habituée. A peine dans le boudoir, elle se rassura. Déjà la duchesse du Maine s'était ressaisie et le désir de la vengeance avait chassé un rapide abattement. Tandis qu'une soubrette la coiffait, Mlle de Launay, tout en passant le vermillon d'Espagne, la houppette et la poudre, exposa ce qu'elle avait conçu dans la nuit. Elle le fit avec une grande chaleur, comme si rien vraiment ne lui tenait plus à cœur que l'honneur de sa princesse, répétant ce qu'elle avait expliqué à M. de Ménil, y ajoutant encore, et apportant, en outre, le dévouement tout prêt du chevalier, qui entraînerait les autres. Si prompte qu'elle fût à s'enthousiasmer pour toute nouveauté, Mme la duchesse du Maine écoutait attentivement Mlle de Launay, l'interrompant quelquefois pour demander un détail, préciser un point douteux, éclaircir une conjecture. De temps en temps elle disait : « Parfait, parfait ! » ou inclinait la tête en signe d'assentiment. Inspirée par ces marques d'approbation, Mlle de Launay découvrait d'autres arguments. L'amour est un bien grand maître, surtout quand il habite l'âme d'une femme. « Ce que femme veut, Dieu le veut. » Une fois de plus, Rosette prouvait la vérité du vieux proverbe.

Enfin, Mme la duchesse du Maine,

s'échappant des bras de la femme de chambre sauta au cou de Mlle de Launay. Jamais elle ne s'était livrée à un tel excès de tendresse. Et, avec cette abondance de langage qui lui était familière, elle couvrait sa jeune lectrice de louanges : il n'y avait pas dans tout le royaume une femme qui la valût ; aussi toute sa reconnaisance lui était assurée ; le triomphe de la duchesse du Maine serait aussi le triomphe de Rosette... elle la marierait, elle la doterait... Que pensait Rosette de M. de Staal, cet officier aux gardes suisses? il n'était que lieutenant, elle le ferait capitaine, elle le pensionnerait, elle l'attacherait à sa personne... Rosette répondait qu'elle ne songeait pas à se marier. Heureusement qu'elle ne comptait pas sur la duchesse pour s'établir, et qu'elle se fiait à elle seule. M. de Staal, ce balourd, voilà tout ce que lui proposait Mme du Maine !

Cependant la duchesse quittait ses appartements et descendait au salon de musique. Tous ses fidèles y étaient assemblés. Le prince de Cellamare était venu ; on avait mandé M. de Malézieux. La duchesse du Maine fut accueillie par des vivats. La joie l'enivrait. Nous sommes prompts à croire nos souhaits exaucés et, devant ces gentilshommes si ardents, elle ne doutait pas de la victoire.

— Messieurs, dit enfin M. de Ménil, quand le bruit se fut un peu apaisé, il nous faut un serment. Jurons fidélité à monseigneur le duc du Maine.

Tous levèrent la main.

— Nous le jurons !

Mlle de Launay souriait.

— Merci, mes amis, fit la duchesse avec solennité, merci à tous ! Quand nous serons prochainement où notre naissance doit nous placer, au faîte de l'État, comptez sur notre gratitude.

De nouveaux vivats retentirent, puis le silence régna. Mme la duchesse du Maine adressa un signe à M. de Ménil et à Mlle de Launay :

— Voyons, puisque vous êtes tous deux les secrétaires de la conspiration, asseyez-vous à cette table, nous allons tout de suite travailler.

M. le duc du Maine, à cet instant, apparut à la porte. Il tenait à la main une médaille qu'il examinait avec attention. M. de Staal l'accompagnait.

— Qu'est-ce qu'ils font donc tous là? demanda le duc à M. de Staal. Ils ont l'air agité, ébouriffé, l'air de diables qu'on aurait enfermés dans une sacristie.

M. de Staal, qui flânait dans l'hôtel quelques instants auparavant et avait entendu quelques-unes des phrases prononcées dans le salon, répondit avec une lourde gravité, la terreur empreinte sur le visage :

— Je crois, monseigneur, qu'ils conspirent contre l'État.

Le duc se mit à rire.

— Contre l'État?

— Oui, contre l'État.

— Ah ! ah ! vraiment, ils conspirent contre l'État ! Eh bien, mon cher monsieur de Staal, laissons-les conspirer contre l'État !

Et, comme l'excellent officier aux gardes suisses prenait un air de plus en plus effaré, le duc tirait sa tabatière, humait une prise et ajoutait d'un ton bonhomme :

— Cela amuse ma femme !

V

MÉLI-MÉLO.

Mme la duchesse du Maine porta dans cette grave entreprise la même ardeur brusque et fantasque qu'elle mettait dans ses divertissements. Elle y trouvait à satisfaire, en même temps qu'à son désir de vengeance, à son éternel besoin de distractions. Bientôt tous ses amis furent sur les dents. Lettres secrètes, entrevues mystérieuses, et jusque sous les ponts de Paris, colloques nocturnes, déguisements, grilles, chiffres et clés, rien ne manqua. L'abbé Brigaud, vêtu en mousquetaire, très fier de sa soubreveste en drap d'argent, rayée de bleu, avec un chapeau noir à grandes plumes et une longue épée où ses jambes s'embarrassaient, parcourait la Bretagne ; d'autres fois — mais ce déguisement lui plaisait moins — il se mettait marchand ambulant, avec une barbe postiche et, sur le dos, une grande caisse carrée remplie de lacets, de boutons et de rubans ; il lui arrivait même de paraître aux « assemblées » sous un costume de paysanne, qui ne laissait pas de convenir à son air poupin : c'était un petit juste d'étamine violet-bleu, une jupe rayée rouge et blanc ; il était alors coiffé en fille de village avec un battant-l'œil à petits plis. Les jours où, sous cet accoutrement, il s'attirait des compliments de quelque gars entreprenant, l'abbé ne mesurait plus son plaisir.

M. de Richelieu envoyait des messages à tous ses cousins — et ils étaient innombrables — pour les rallier ; M. de Pompadour accablait de courriers le prétendant écossais : par de belles et éloquentes épîtres, Malézieux tâchait de convaincre les membres des parlements provinciaux. Quant au prince de Cellamare, ambassadeur d'Espagne, dès le premier moment, il avait acquis à la conspiration l'appui de Sa Majesté catholique.

Le chevalier de Ménil ne quittait plus Rosette.

Les premiers jours furent pour la jeune fille une source de continuel bonheur. Du matin au soir elle voyait l'homme auquel son cœur s'était attaché, elle lui parlait, ils travaillaient ensemble ; enfin, il ne lui échappait plus, et déjà la communauté de leurs occupations créait entre eux une charmante intimité. Durant la journée, ils restaient ensemble dans le salon de musique, où nul musicien ne pénétrait plus, d'où M. le duc du Maine lui-même s'écartait pour ne pas être assailli de reproches par sa femme, où tout, enfin, était réservé au mystérieux complot. Le soir, comme c'était la chaude saison, ils se retrouvaient sur la terrasse d'un pavillon, au bout du jardin, à la pointe de l'Arsenal, et continuaient de concert leur absorbante besogne. L'amour crée dans le cœur d'incessantes espérances : Rosette espérait toujours. Le moindre mot de M. de Ménil lui ouvrait de beaux horizons. S'il l'admirait, elle pensait qu'il n'osait lui dire qu'il l'aimait ; s'il l'appelait « Ma chère Rosette », elle découvrait dans ces quelques syllabes une tendresse inavouée. Cependant, M. de Ménil ne se déclarait pas. Rosette commençait à s'impatienter ; lorsqu'un soir les sentiments de M. de Ménil se découvrirent à elle entièrement.

M. de Ménil venait de la rejoindre sur la terrasse. Paris s'endormait. La Seine toute bleutée coulait silencieusement. Sous les yeux de Rosette et de Ménil, s'étendait l'île Louviers, avec ses chantiers de bois parmi les touffes de peupliers ; l'île d'amour, comme l'appelaient aussi les Parisiens, à cause des couples qui venaient s'y perdre dans la brume du soir. Sur la droite, les pilotis du pont de Grammont et le pont Marie, bordé de maisons de pierre, coupaient le fleuve, dominé par les lourdes tours de Notre-Dame, qui se détachaient nettement, avec les profils aigus du fort

de la Tournelle et du Palais de Justice,
sur un firmament limpide.

Au moment où Rosette et Ménil avaient
pris possession de la terrasse, le ciel
était encore clair, avec des bandes de couleur orange au-dessus de Paris ; puis
insensiblement un grand voile était venu
les recouvrir, un voile d'ombre transparente que l'heure avait épaissi progressivement ; la bande de couleur orange avait
passé au mauve, puis au violet foncé ; et
la nuit était tombée tranquille, paisible,
une nuit douce et parfumée.

La brise agitait légèrement les ormes du
Mail, dont le feuillage mêlait son murmure
au froissement de l'eau contre les barques
attachées à la rive.

Par degrés l'occident avait perdu son
éclat et c'était à présent une nuit tout
unie, vaste et sereine, une nuit d'un bleu
profond, piquetée d'étoiles sans clarté.

Que l'air est doux ce soir... le son lointain des
[cloches
Se mêle au long frisson de l'eau contre les quais,
L'onde du fleuve est noire et les fanaux des
[coches
Y font confusément trembler leur mille rais...
Tout est rêve et douceur en cette heure indécise :
Les gothiques palais dressent au ciel leurs tours,
Dans leur décor d'antan s'endort la nuit
[exquise :
Crépuscule d'été qui nous parle d'amour...

Ces vers s'étaient spontanément for-
més dans la pensée de Rosette, tandis
que M. de Ménil demeurait assis à la table,
dans une pose nonchalante. Puis, brusquement la jeune fille reprenait et dictait
à son collaborateur des instructions im-
portantes à l'adresse du cardinal Albe-
roni, premier ministre de Sa Majesté
catholique. Un jeune homme de vingt ans,
l'abbé de Porto-Carrero, qui retournait à
Madrid, devait les emporter le lendemain
soir, avec d'autres pièces capitales, dans
une chaise à double fond.

« Rien n'est plus important, dicta Rosette — et, la tête inclinée sur le papier, à
la lueur mouvante des chandelles, Ménil
écrivait docilement — rien n'est plus
important que de s'assurer des places
voisines des Pyrénées et des seigneurs qui
font leur résidence dans ces cantons.
Gagner la garnison de Bayonne, ou s'en
rendre maître...

— Ce sera facile, interrompit Ménil ; à
Bayonne c'est Richelieu qui commande.

— Mais écrivez donc, dit Rosette.
Nous n'indiquerons les noms propres que
par leurs initiales ; bien que le messager
soit sûr, la précaution est classique...

« Le marquis de P... poursuivait-elle, est
gouverneur de D... ; on connaît les inten-
tions de ce seigneur. Quand il sera décidé,
il doit tripler sa dépense pour attirer la
noblesse ; il doit répandre des gratifica-
tions.

« En Normandie, Carentan est un point
important. Se conduire avec le gouverneur de cette ville comme avec le marquis de P... Aller plus loin, assurer à ces
officiers les récompenses qui leur con-
viennent.

« Agir de même dans toutes les pro-
vinces, autant qu'il sera prudent et possible.

« Pour fournir à cette dépense, on doit
compter au moins 300 000 livres le premier mois... »

A la brise du soir, la lumière des chandelles posées sur la table tremblait dans les
globes de cristal. M. de Ménil ne paraissait guère en train de travailler. La
beauté du paysage et la douceur de la
nuit touchaient son âme vivement : à
cette douceur il s'abandonnait, oubliant
d'écrire. Vainement Rosette le rappelait-
elle à son devoir : il traçait quelques mots
et, tout aussitôt, se reprenait à rêver et
devenait sentimental. De guerre lasse, elle

posa à son tour les papiers qu'elle tenait en mains et ils se mirent à causer. De quoi auraient-ils causé, sinon d'eux-mêmes? M. de Ménil reprochait mollement à Rosette de rester insensible au charme souverain de ce crépuscule éteint ; elle s'en défendit. Cette soirée, au contraire, éveillait en elle le souvenir d'une autre soirée, où sa pensée s'était déjà arrêtée la veille, sous les ormes du Mail : elle songeait à l'heure où M. de Silly avait pensé qu'elle dirait ses sentiments, et où, de son côté, elle avait attendu de lui un semblable aveu. L'un et l'autre s'étaient trompés. Depuis, son cœur venait encore de parler, et plus tendrement, mais il n'éveillait nul écho : le cruel qu'elle aimait ne l'entendait pas.

— Seriez-vous donc sentimentale? demanda M. de Ménil.

— Une jeune femme, et qui est seule dans la vie, est toujours sentimentale.

— Mais vous n'êtes pas seule, mademoiselle. On vous entoure à l'envi.

— Non, monsieur, je suis seule. Et je crains que ce ne soit à jamais ma destinée, écrite peut-être dans les étoiles que nous venons de voir, l'une après l'autre, s'allumer là-haut.

Elle s'était levée et s'appuyait à la balustrade de pierre où le lierre s'accrochait en épais festons.

Elle reprit :

— J'étais encore au couvent : un jeune gentilhomme, frère d'une de mes amies — il est de vos amis, aussi ne le nommerai-je pas — venait au parloir et ne tarda pas à me distinguer. Je n'eus pas de peine à démêler le sentiment que j'avais fait naître en lui et qu'il savait me traduire d'une manière charmante... J'en fus touchée, très touchée, et je crus un moment que, déjà, le bonheur frappait à ma porte. Hélas ! mon cœur ne se décida pas à dire :

Ouvrez ! — car il a bien mauvaise tête, mon cœur.

— Mademoiselle, vous le calomniez.

— Non. Depuis, continua-t-elle en regardant son interlocuteur avec intention, pour un autre mon cœur s'est décidé à parler ; mais, hélas ! sans écho ! sans cet écho qui fait l'amour. Et tel sera-t-il donc mon sort : être aimée sans aimer, aimer sans être aimée? Si bien que je crains de ne jamais aborder à Cythère, soit pour n'avoir pas voulu monter dans la barque, soit parce que la barque où je serai montée, n'arrivera pas au port.

Il se mit à rire.

— Si nous mandions tout cela à Sa Majesté le roi d'Espagne?

— Oh ! chevalier !

— Il est ainsi des heures propices, dit à son tour Ménil, où tout autour de nous se fait le complice d'émotions ressenties, bien pis encore, d'émotions ignorées. Je vous écoutais parler avec cette mélancolie charmante, et votre voix, Rosette, avait la douceur de ce beau ciel qui, sous nos yeux, vient de s'endormir.

Ménil s'était rapproché de la jeune fille. Il poursuivit :

— Et je pensais à des heures lointaines que je croyais perdues, que vous venez de me faire retrouver... Dans un vieux château en Limousin, j'avais une cousine, jeune et gracieuse amie d'enfance. Elle avait un joli nom, un nom de roman, Odette de Bois-Fleuri.

— Elle est morte? interrompit Rosette.

— Oh ! non... Elle a des yeux bleus comme les vôtres et une voix douce comme la vôtre et qui s'harmonisait, comme la vôtre tout à l'heure, aux caresses du jour finissant. Car c'était un soir comme ce soir. Nous allions l'un près de l'autre, regagnant lentement le manoir, soulevant sous nos pieds la poussière de la route usée. Nous causions de choses indifférentes, mais, à un léger tremblement de la voix, nous devinions le sentiment qui parlait en nous, en empruntant comme une langue étrangère... De loin, venaient les notes larges d'un chant rustique... C'était un paysan qui ramenait ses bœufs : et, au tournant du chemin, nos regards se rencontrèrent ; ils restèrent l'un sur l'autre, un seul instant. En un rapide éclair, nous venions de comprendre que notre amitié d'enfance, elle aussi, était venue à son tournant..

— Je ne vous ai jamais vu ainsi, monsieur de Ménil, interrompit Rosette.

— ... Je pris alors sa main, continua très ému M. de Ménil, je pris la main que, naturellement, elle m'avait tendue ; elle ne la retira pas et nos yeux se comprirent...

Instinctivement, sans y penser, M. de Ménil avait pris la main de Rosette, qui ne l'avait pas retirée. Rosette et Ménil demeurèrent ainsi une minute, les doigts enlacés, dans un silence absolu. Sur le ciel d'un bleu profond, la lune brillait sans le blanchir de sa clarté ; elle y découpait, en arêtes aiguës, un mince croissant d'or dépouillé de son rayonnement, comme s'il y eût été collé ; les eaux de la Seine coulaient lourdes, opaques ; l'obscurité les avait teintes en violet sombre ; et dans les roseaux inclinés au bord du fleuve, les grenouilles avaient cessé leurs coassements.

— Par moments, soupira Rosette, tout alanguie de faiblesse, on n'ose parler, dé crainte de briser un rêve.

— Hé ! mais oui, s'écria M. de Ménil, nous rêvons ; et la lettre au roi d'Espagne qui nous attend !

Brusquement, douloureusement ramenée à la réalité, Rosette recommença sa dictée :

« ... 300 000 livres le premier mois et, dans la suite, sur 100 000 livres par mois, payées exactement. Cette dépense, qui cessera à la paix, met le roi d'Espagne... »

— Ne vaut-il pas mieux dire « Sa Majesté Catholique ? » observa Ménil.

— Vous avez raison, répondit Rosette. Nous écrirons donc : « ... Cette dépense, qui cessera à la paix, met Sa Majesté Catholique à même d'agir sûrement en cas de guerre. L'Espagne ne sera qu'un auxiliaire... »

Rosette dictait machinalement. Sa pensée était ailleurs, sans être loin. M. de Ménil, sans doute, n'avait pas osé se déclarer ; mais il devait l'aimer, il devait l'aimer... maintenant elle espérait. D'où lui serait venue sans cela cette émotion, ce trouble et pourquoi cette main aurait-elle saisi la sienne? La lettre fut terminée. M. de Ménil s'extasiait sur l'intelligence de Rosette : les secrets d'État n'avaient rien de secret pour elle. Ils mirent comme signature le seing convenu. Leur tendre conversation allait-elle continuer? Un domestique présenta des papiers. C'était une longue missive de l'abbé Brigaud. Tour à tour mousquetaire, moine quêteur, paysanne avec une quenouille sous le bras, marchand ambulant, voire montreur de marmotte ou mendiant en guenilles, il avait parcouru les bourgs et les marchés et il rendait compte de tout ce qu'il avait accompli d'admirable. Il joignait à sa missive, en langage chiffré, de nombreuses adhésions et il exultait ; jamais il ne s'était autant amusé. Enfin il annonçait que, le lendemain soir, vers huit heures, à nuit close, le courrier pour le roi d'Espagne passerait au bas de la terrasse, sur la route qui la longe, et y attendrait qu'on lui jetât les pièces à emporter. On le reconnaîtrait à ce qu'il crierait : « Dieu nous mène ! »

— Il faut noter tout cela, dit Ménil, mais il s'arrêta.

En retournant l'épître du conspirateur breton, il y avait trouvé quelques vers :

— Une poésie, mademoiselle, voilà qui vous regarde ; et il tendit la feuille à Rosette qui lut assez gaiement :

> Tendre fillette en âge d'être aimée
> Est toujours prête à jouer quelque tour
> Sans en prévoir la suite accoutumée ;
> Comme le feu ne va pas sans fumée
> Ces jeux badins ne vont pas sans amour.

— Quel fou que cet abbé Brigaud ! ajouta Rosette quand elle eut fini de lire.

— Oui, mais il est dévoué, et c'est un cœur d'or.

Et l'on se remit au travail. M. de Ménil, plongé dans de terribles calculs, tâchait de déchiffrer avec la grille les lettres bretonnes, tandis que Rosette classait et numérotait les papiers. Ils avaient ainsi l'air de deux vieux commis. De temps en temps, Rosette levait les yeux vers le chevalier. Ah ! il ne pensait plus à son adolescence, il n'avait plus sa douce voix ; il travaillait, travaillait, étouffant parfois un juron ; car il ne parvenait pas à démêler grand'chose, malgré la grille diplomatique, parmi tout ce fatras chiffré.

— Mademoiselle Rose, supplia-t-il, aidez-moi. Je n'y entends rien.

Avec un hochement de tête attristé, elle vint près de lui, plaça la grille et tout de suite put lire.

— Rosette, Rosette !... s'écria, d'une voix toute tremblante, M. de Ménil.

— Ah ! cette fois, pensa-t-elle, il va se déclarer.

— Rosette, Rosette, vous m'enthousiasmez ; il faut que je vous le répète encore : vous avez une tête à mener un État. Jamais je n'ai vu une telle décision, une telle activité, une telle clairvoyance.

Laissez-moi vous le dire, Rosette, en toute sincérité, sans flatterie. Je vous parle du fond du cœur : vous n'êtes pas une femme, vous êtes un homme !

Rosette chancela. A peine eut-elle la force de dire :

— Vraiment, vous me comblez.

M. du Ménil, dans son transport, ne s'en aperçut pas. Il y eut un court silence et Rosette, effondrée sur sa chaise, balbutia, toute brisée :

— Voulez-vous que nous continuions, monsieur le chevalier?

Ménil ne répondit pas. La duchesse du Maine venait d'entrer, vive, toute petite, drapée d'une écharpe où scintillaient des paillettes d'argent ; elle semblait une fée nocturne.

— Comme elle est belle ! fit-il.

Et il se précipita vers elle, ardent, enthousiaste, fougueux.

— Eh bien, quelles nouvelles, laborieux secrétaires? s'écria-t-elle.

— Brigaud a envoyé un important courrier, répondit Rosette.

— La Bretagne entière est prête à se lever, ajouta Ménil.

— J'en étais sûre... Vous avez écrit au roi d'Espagne? demanda la duchesse à Rosette.

— La lettre est prête, je dois la jeter tout à l'heure au courrier qui se fera connaître en criant : « Dieu nous mène ! »

La duchesse leva les bras au ciel :

— « Dieu nous mène ! » j'aime ceci : oui, Dieu nous mène vers le droit, vers la justice que nous réclamons ; il nous mène, par les voies qu'il a choisies, au triomphe que nous espérons, au rang suprême qui nous revient en la minorité du roi, — et pour le bonheur de tous. Il bénit notre peine et nos efforts, il nous protège, il nous inspire et c'est bien ce que veut dire : « Dieu nous mène ! »

Elle s'animait et semblait grandir de toute l'ardeur de son énergie et de sa foi.

— Nous touchons au succès. Je voudrais avoir là tous nos amis pour leur répéter : « Courage, en avant ! » Il n'est rien que ne puisse une âme intrépide. Voici le pays breton soulevé tout entier ; la Normandie et le Roussillon s'agitent. De toutes parts les colères grondent contre le honteux personnage qui exploite la France sous couleur de la gouverner. L'Espagne intervient en la personne de son roi, petit-fils de Louis XIV ; l'Angleterre revient à ses souverains légitimes. D'un bout de l'Europe à l'autre, des confins de l'Afrique au nord de l'Écosse, on voit monter en une marée irrésistible, qui brise de ses flots puissants les vaines barrières que l'intrigue avait bâties, la grande cause de l'équité !

Une joie orgueilleuse illuminait le visage de la duchesse.

— Ah ! madame, s'écria M. de Ménil, si vos innombrables partisans ne peuvent être auprès de vous en ce moment, il en est un, au moins, ici, à vos pieds, pour vous redire à vous-même tout le feu dont vous l'avez enflammé.

— Taisez-vous, chevalier !

Mais M. de Ménil ne se taisait pas :

— On parlait des dangers de notre entreprise... Que m'importe la vie, hors l'usage que vous en ferez ! Elle se perd dans le rayonnement de votre grâce, dans le son de votre voix qui ravit ceux qu'ils regardent.

— Merci, chevalier, merci.

Rosette se tenait à l'écart. L'ombre de la nuit la dérobait. L'âme meurtrie, elle écoutait et elle regardait. Elle voyait M. de Ménil tout près de la duchesse, ému d'admiration à la fois et d'amour, timide tout ensemble et audacieux. Elle l'entendait qui célébrait la grâce de sa maîtresse, le rayonnement de son esprit, la beauté de ses yeux, jusqu'au son de sa voix ! Ah ! qu'il savait bien parler d'amour ! La, duchesse, souriante, l'encourageait. Enfin M. de Ménil tomba à ses pieds et couvrit sa main de baisers.

— Vraiment, chevalier, dit la duchesse, je devrais vous gronder.

— Ah ! madame, fit-il, le poids même de votre courroux me sera doux, dussé-je en mourir à vos pieds.

Rosette n'entendit plus rien. M. de Ménil était toujours agenouillé et Mme la duchesse du Maine ne lui retirait pas sa main.

Quand, quelques instants après, on se sépara, Mlle de Launay était encore comme hors d'elle-même.

Un jour s'écoula. Rosette le vécut dans une mortelle angoisse. Ainsi tout ce qu'elle avait gagné à fomenter cette belle conspiration, c'était de rendre M. de Ménil encore plus amoureux de la duchesse ; c'était même de rendre la duchesse sensible au dévouement passionné du chevalier. En vain cherchait-elle un moyen de réparer une telle défaite, — car elle n'était pas de celles qui renoncent facilement à lutter, — son esprit, à l'ordinaire si ingénieux, ne découvrait rien. Demain, il faudrait recommencer avec M. de Ménil les mêmes besognes fastidieuses et assister à son triomphe et écouter sa joie se répandre en intarisables admirations sur la duchesse. Et si cette conspiration, créée par un caprice de femme dépitée, réussissait, il faudrait être la spectatrice résignée du bonheur de M. de Ménil et peut-être subir ses confidences enchantées. Rosette s'avouait qu'elle n'en aurait pas le courage. Un instant, elle songea à laisser là cette folle entreprise contre l'État : au moins elle ne verrait plus M. de Ménil. Mais où aller ? Que devenir ! En quittant la duchesse du Maine, dans quelle condition tomberait-elle? Lui faudrait-il passer de nouveau par les mêmes situations subalternes dont elle avait, à l'Arsenal, si cruellement souffert? Mais elle n'eut que quelques secondes cette pensée. Ce qu'elle devait, ce qu'elle voulait, c'était combattre encore. M. de Ménil, isolé de la duchesse, et réduit à la seule compagnie de Mlle de Launay, oublierait peut-être son idole pour jeter les yeux sur celle qu'il avait dédaignée jusqu'alors. Oui, mais comment isoler Ménil, l'éloigner de Mme du Maine, le rendre l'inséparable compagnon de Rosette?

Quelle chimère !

Vers le soir, comme elle errait sur la terrasse, — Ménil étant resté avec la duchesse, — M. de Maisonrouge se présenta devant elle. Il quittait le duc du Maine qui l'avait mandé pour lui montrer des murs qu'il croyait des vestiges de la seconde enceinte de Paris : l'enceinte de Charles V.

M. de Maisonrouge, à l'animation qui régnait dans l'Arsenal, devait se figurer qu'on y préparait quelque nouvelle comédie pour le théâtre de Sceaux ; mais vaguement il soupçonnait autre chose. Il raconta à Rosette le motif de sa visite. Cette vieille enceinte avait douze pieds d'épaisseur, alors que les murailles de la Bastille, tout imposantes qu'elles étaient, n'en avaient que huit, tout au plus. Et, ainsi conduit sur ce terrain, tout en riant, il traçait de la Bastille une description séduisante : la forteresse donnait sur la campagne, l'air y était des plus sains, on y gâtait les prisonniers, car ils étaient tous personnes de distinction ; les dimanches paraissaient sur leur table vin de Beaune et poulardes du Mans ; les hôtes pouvaient s'y fréquenter les uns les autres, et, pour noire que parût l'enceinte de la vieille citadelle, parcourir

entre ses murs la carte du Tendre en ses divers tours et détours. De cette façon même d'être retranché du monde, les intrigues tiraient même un piquant imprévu, un original attrait. Bref, c'était séjour enchanteur et, pour lui, il ne demandait qu'à y recevoir quelque jour Mlle de Launay.

— Etre enfermée à la Bastille avec quelqu'un qu'on aime, fit Rosette, doit donc être tout à fait délicieux?

— Eh ! oui, mademoiselle ! que n'y êtes-vous recluse ! Vous m'y trouveriez le plus attentionné et le plus dévoué des geôliers.

— Je n'en doute pas. Vraiment, ce serait à me donner envie de m'y faire mettre.

— Mais la chose n'est peut-être pas si difficile ! ajouta M. de Maisonrouge avec gaieté. Ne clabaude-t-on pas ici contre le gouvernement? Si mal renseigné que je sois d'habitude, je me suis laissé affirmer qu'on complotait à l'Arsenal.

Rosette l'avait écouté de toutes ses oreilles.

— Au fait, fit-elle, si l'on y complotait réellement, et que le complot fût découvert, qu'adviendrait-il de Mme la duchesse?

— Oh ! répondit-il, un exil inoffensif en l'une de ses résidences : ce serait tout son châtiment.

— Elle n'irait pas à la Bastille?

— Elle? Impossible : dans ces affaires-là, les Grands s'en tirent toujours avec un exil anodin. Voyez-vous d'ici la belle-fille de Louis XIV sous clé?

— Et tous les autres conspirateurs?

— Oh ! pour eux, la Bastille.

— Alors, moi, je serais mise à la Bastille et Mme la duchesse n'y serait pas envoyée?.. Vous le jurez?

Il s'imaginait qu'elle plaisantait.

— Je le jure, dit-il avec une feinte gravité, et c'est moi qui les arrêterais.

Onze heures sonnaient. En bas de la terrasse, une voix cria : « Dieu nous mène ! » Rosette pâlit, marcha vers la balustrade. M. de Maisonrouge la suivit.

— Qui pousse ce cri? demanda-t-il.

— Un courrier pour le roi d'Espagne, répliqua-t-elle brusquement en tirant de son corsage la lettre écrite par M. de Ménil. Et je vais lui jeter cette lettre qui le renseigne sur notre conspiration contre le Régent.

M. de Maisonrouge lui saisit le bras :

— Vous vous moquez !

— Il n'y a rien de plus sérieux, mon cher ami. Depuis des semaines ici, nous préparons la chute du Régent avec le concours du roi d'Espagne. M. de Ménil et moi nous sommes les plus ardents des conspirateurs : tout a été fait par nous.

— M. de Ménil et vous ! soupira M. de Maisonrouge.

Mais il se domina tout de suite ; le gentilhomme amoureux disparut, il n'y eut plus que le lieutenant de roi à la Bastille. Une seconde fois le cri « Dieu nous mène » retentit.

— Mademoiselle, fit Maisonrouge d'une voix solennelle, mon devoir de soldat m'impose des obligations auxquelles je ne puis me soustraire sans une véritable trahison. Remettez-moi cette lettre.

Rosette la lui tendit, mais sans la lui donner. Il lut la suscription et ne douta plus que Rosette ne déclarât la vérité. Il voulut saisir la lettre, mais la jeune fille d'un bond lui échappa, et lança le papier par-dessus la balustrade. On entendit un galop de cheval. Rosette revint près de lui :

— Allons, arrêtez-moi ! Et surtout n'oubliez pas M. de Ménil : il est là tout près.

Elle était si joyeuse qu'il en fut stupéfait et demeura quelques instants à la contempler.

— D'où vous vient cet air de bonheur?

— C'est mon secret, répondit-elle, un doigt sur la bouche.

— Ah ! petite tête folle, fit-il apitoyé jusqu'aux larmes. Ménil, la Bastille... la duchesse... vous poursuivez toujours un amour qui toujours vous fuit...

Elle l'interrompit :

— Eh bien, emmenez-nous.

Il haussa les épaules et, la regardant tendrement :

— Demain, seulement. Il faut des formalités pour embastiller les gens. Le ministre de la Maison du Roi doit contresigner une lettre de cachet. Au revoir, Rosette.

M. de Maisonrouge s'éloigna. A ce moment, M. de Ménil s'avançait « Dieu nous mène ! Dieu nous mène ! » cria-t-il en apercevant Mlle de Launay. « Oui, murmura Rosette, Dieu nous mène... et à la Bastille encore ! »

VI

LES NOUVELLISTES DES TUILERIES.

On imagine si, le soir en se couchant, Rosette s'attendait à passer une nuit moins agitée que la précédente : elle ne parvint pas à fermer l'œil — ou à peine, — et cependant le lendemain, dès la pointe du jour, elle était debout, impatiente de tout mettre en ordre dans sa chambre, de ranger armoires et secrétaires, de brûler une partie de sa correspondance ; car elle se doutait bien que la fin du jour suivant ne la trouverait plus au palais de l'Arsenal, mais dans une résidence voisine, la fameux et sombre château royal de la Bastille.

En hâte, elle mangea pour déjeuner une aile de poulet, arrosée d'un doigt de vin, et sortit, suivie de Rose Rondel, sa femme de chambre. La perspective de son incarcération prochaine rendait plusieurs emplettes nécessaires.

Elle suivit la rue Saint-Antoine, puis la rue de la Tissanderie et celle Saint-Honoré, entra dans plusieurs magasins où elle choisit de menus objets de toilette ; elle vint ainsi jusqu'aux Tuileries. C'était l'heure où les nouvellistes se réunissaient sur la terrasse des Feuillants, et il lui prit fantaisie d'entrer dans le jardin, afin de se mêler à leurs groupes et de recueillir leurs propos sur les événements du jour.

Rosette était mise très simplement, en corsage de taffetas brun, avec jupe de la même étoffe, garnie de deux rangs couleur de rose, cousus à plat ; sur la tête une bagnolette, c'est-à-dire une fine capeline, lui couvrant entièrement les épaules. De sa main droite, à la mode du jour, elle tenait par le milieu une longue canne en bambou chiquetée et garnie d'or.

Les Tuileries, jardin du roi, étaient le rendez-vous des gens de condition et le centre de réunion des nouvellistes les plus haut huppés et les mieux chaussés de la ville. On ne permettait pas l'entrée de la promenade aux gens mal habillés, ni aux laquais, ni aux servantes, ni aux soldats non gradés. Pour y pénétrer, les hommes devaient porter l'épée et les femmes être en coiffe. Et la police était faite aux portes très sévèrement.

Précisément au moment où Rosette arrivait, on refusait l'entrée du jardin à une jeune marchande à l'éventaire, qui s'était présentée tout en criant ses pommes cuites :

— ... Crouïtes, crouïtes au fouhour !...

Une fille de seize à dix-sept ans, tout en loques, le jupon effiloché aux genoux, des souliers percés, des bas qui retombaient dans la boue, avec un casaquin à travers duquel on voyait les trous de sa chemise. Elle était tête nue, ses cheveux noirs relevés en un tortil au-dessus de la nuque. Elle avait le regard vif, l'air avenant. Sur son éventaire les poires et les pommes rôties, dans leurs robes noires, s'alignaient en rangs d'oignons. Vainement elle insista pour pénétrer dans le jardin, afin d'y pouvoir crier sa marchandise. Pour le séduire elle offrait au gardien une pomme cuite ; elle avait la mine gaie, hardie, elle montrait en riant de jolies dents blanches ; mais la sentinelle fut inflexible ; et la jeune marchande, après une moue où ne se traduisait cependant pas un trop violent désespoir, prit le parti de s'éloigner et se perdit dans la rue Saint-Honoré, qu'elle fit retentir de son cri aigu :

— ... Crouïtes, crouïtes au fouhour !...

Rosette entra ainsi par la porte du Manège, où la sentinelle de garde, charmée par son allure leste et pimpante, non seulement la laissa entrer avec sa femme de chambre, mais lui fit quand et quand un beau salut, de l'air du monde le plus galant.

Avec la grâce, la confiance réciproque qui caractérisaient le joli peuple de Paris en la plus charmante époque de son histoire, les Tuileries, « le plus beau jardin du monde », dit un contemporain, et dont l'agrément « ravirait jusqu'aux aveugles », étaient devenues, sous la Régence, un salon en plein air. On s'y parlait sans se connaître ; les dames de la première distinction y adressaient volontiers la parole à un inconnu.

Rosette, en traversant les allées, attrapait des bouts de conversation. Sur toutes les lèvres était le nom de Cartouche et il n'était bruit que de son dernier exploit l'huissier de la Chambre, suivi de quatre-vingts exempts, s'en était allé faire dans Paris les cris réglementaires, qui mettaient la tête du fameux brigand à prix et ordonnaient à un chacun de s'emparer de sa personne. Au carrefour de la Croix-Rouge, à peine l'huissier eut-il ouvert la bouche :

— Cartouche ! mais le voilà ! s'était écrié un petit homme, qui s'était montré subitement, l'épée à la main, au milieu de la place ; et, dans l'instant, l'huissier, les exempts, les policiers, les badauds, de s'enfuir dans toutes les directions, comme un vol de moineaux effrayés. Ce nouvel exploit du célèbre voleur, qui faisait trembler tout Paris et remplissait tout Paris d'admiration et de sympathie, fournissait la matière des conversations ; et ce n'étaient que pointes, railleries et éclats de rire.

Au moment où Rosette arrivait dans la grande allée, un poète, près du bassin, groupait une foule nombreuse. Il était debout sur une chaise, en veste et culotte de droguet de soie, fond giroflée à fleurs, et lisait des vers aux bonnes gens amassées qui ouvraient la bouche et les yeux, et faisaient les plus grands efforts pour entendre, pour comprendre. Rosette voulait passer ; mais comme dans le préambule, dont le poète faisait précéder son chef-d'œuvre, revenait le nom de Cartouche, la petite femme de chambre, qui accompagnait Mlle de Launay, la pria de rester un instant pour écouter.

« La courante policière »

Notre auteur dit ce titre, non sans affectation, en retroussant légèrement — tel un prestidigitateur — ses manches ornées de dentelles :

Il fallait plus d'une mouche...

— A bas les mouches et les mouchards ! cria l'un des auditeurs.
— Silence ! silence ! firent les autres.
Le poète reprit :

Il fallait plus d'une mouche
Pour faire à travers Paris
Les trois cris de mise à prix
De la tête de Cartouche !
On en arma quatre-vingts :
Monsieur l'huissier de la Chambre,
Grelottait comme en décembre,
Encor qu'entre quatre vins.

— « Quatre-vingts », « quatre vins », bravo pour la rime ! fit un connaisseur.
Le poète poursuivait, flatté mais impassible :

Vingt à pied ! les soixante autres
A cheval ! l'épée en main !
Monsieur l'huissier en chemin
Marmonnait des patenôtres,
Car, malgré tous ses recors
Avec toutes leurs ferrailles,
Il se sentait les entrailles
Mal en point au bas du corps.

A cet endroit de son poème, l'auteur, dans la crainte que l'on ne comprît pas le sens de ses vers, mettait ses deux mains sur son ventre et faisait une grimace significative :

Tout alla sans que rien ne bouge
Sous le Palais, puis aussi
Dans le carrefour Bucy ;
Mais, hélas ! à la Croix-Rouge,
Quand Monsieur l'huissier parla,
Une voix à pleine bouche
Tonna, qui criait : « Cartouche !
Hé, le voici ! le voilà ! »

Aussitôt, Messieurs, Mesdames,
Il n'y eut plus là sergents,
Archers, ni mouches ; ces gens,
Cuidant qu'ils ont charge d'âmes,
Avaient fui comme un troupeau,
Qu'un seul loup chasse et démembre :
Monsieur l'huissier de la Chambre
Courait en quérir le pot.

Parmi les auditeurs, les uns riaient, les autres applaudissaient, d'autres trouvaient le mot de la fin un peu cru ; quelques-uns enfin, qui n'avaient pas encore entendu l'exploit du carrefour de la Croix-Rouge, demandaient à leurs voisins de le leur raconter.

Plus loin des jeunes filles jouaient au volant : elles avaient des gestes gracieux et vifs ; les spectateurs qui suivaient leurs ébats le regard charmé, applaudissaient à leurs coups d'adresse. Entre les grands arbres verts passaient, en larges vols blancs, les tourterelles et les colombes, dont le jardin était peuplé : et c'était comme des nappes flottantes que la brise semblait déchirer dans un bruyant froufrou de coups d'aile. Rosette jouissait de ce spectacle, et de l'animation de la foule, et du beau temps, et de l'espace, comme si déjà elle se fût sentie enfermée entre les hautes murailles de la Bastille.

Elle avait plaisir à considérer le détail des modes nouvelles parmi les groupes de jeunes femmes élégamment vêtues. La plupart d'entre elles portaient des écharpes de couleur claire, sur leurs robes ballantes, les unes brodées avec des étoffes de même nuance, les autres garnies de réseaux d'argent. Quelques jeunes personnes étaient en « bergères d'idylle », avec de petits habits blancs bordés de rubans de diverses couleurs et portant sur l'oreille un chapeau de paille orné de fleurs. Enfin, nombre d'élégantes, profitant du beau temps, avaient réellement revêtu les fameuses robes en papier dont on essayait de lancer la mode. Rosette suivait l'allure des petits-maîtres, marchant le dos rond, la tête enfoncée dans les épaules, les bras croisés, l'œil égaré. Un jeune homme qui désirait plaire à une femme, ne croyait plus pouvoir se montrer différemment. Mlle de Launay s'amusait à la multitude et à la variété des paniers, si brusquement mis en faveur depuis l'année dernière. Elle se rappelait l'aventure qui avait bruité dans tout Paris Deux dames très grosses, pour masquer leurs formes par trop avantageuses, s'étaient fait faire des dessous de jupes montés sur des cerceaux. L'usage, disait-on, s'en était récemment introduit en Angleterre. Ainsi mises, elles étaient venues se promener aux Tuileries. Sur les difficultés que leur faisait la sentinelle de garde pour les laisser entrer, elles avaient pénétré par le château où elles connaissaient des domestiques. Mais à peine sur la terrasse du bord de l'eau les avait-on aperçues, qu'on s'était groupé en foule autour d'elles. Oh ! le peuple inlassablement curieux des badauds ! Des rires s'étaient élevés, des quolibets. Elles n'avaient eu que le temps de se réfugier dans l'une des tonnelles construites sur la terrasse par les limonadiers ; puis, très confuses, les deux pauvres dames étaient rentrées chez elles en voiture fermée ; elles croyaient avoir provoqué un scandale ; c'était une mode nouvelle qu'elles avaient lancée, et qui, du jour au lendemain, devait se développer avec une véritable fureur. Et Rosette pensait que c'était sans panier qu'une dame aux Tuileries aurait à présent fait sensation.

De ces paniers, Rosette considérait la divertissante variété : les uns étaient solides et les autres pliants ; ceux-ci « en guéridon », arrondis par le haut, formant le dessin d'une coupe ovale ; ceux-là « à coudes », ainsi nommés parce que les coudes pouvaient s'y appuyer à la hauteur des hanches. Ils dépassaient tous les autres en ampleur. Rosette calculait que la circonférence, mesurée par le bas, devait en compter cinq ou six aunes pour le moins Les « paniers jansénistes », beaucoup plus étroits, et ne descendant pas au-dessous du genou, protestaient contre ces exagérations ; puis, c'étaient les paniers en « gondoles », qui faisaient ressembler les jeunes femmes à des porteuses d'eau ; les « tonneaux », ronds et enflés vers le milieu ; les « cadets », tirant ce nom de leur moindre taille ; les paniers à bourrelets, les « criards », ainsi nommés du bruit, fritch, fratch, qu'en faisait, au moindre mouvement, la toile gommée. Que d'autres paniers encore !

— Sans compter, mademoiselle, ajouta Rose Rondel, la petite femme de chambre, ceux que nous portons au bras, quand nous allons au marché des Prouvaires acheter des légumes, du fromage et des œufs.

— Rondel, tu as trop d'esprit, dit Rosette, tout en gravissant les degrés qui menaient à la terrasse des Feuillants.

Ici, Mlle de Launay s'arrêta d'un œil amusé aux détails du costume masculin. Les petits-maîtres portaient presque tous une grande plume blanche à leur chapeau ; les habits en broderie se faisaient plus rares ; mais Rosette s'intéressait surtout aux flots de rubans dont les hommes de condition ornaient la garde de leurs épées ; nœuds de trois sortes : les uns blancs, rouges et jaunes ; c'étaient, comme le savait Rosette, les rubans « à la Régence » qu'arboraient les partisans déclarés du duc d'Orléans ; leurs adversaires se paraient de rubans « à la Minorité », blancs, rouges et gris de lin, — à l'Arsenal, tout était « blanc, rouge et gris de lin » et de ces couleurs la canne même de Rosette était ornée ; — enfin les nœuds dits « à la Constitution », faits de rubans rouges et noirs, composaient l'ornement de ceux qui ne voulaient pas prendre parti.

Sur la terrasse des Feuillants, les nouvellistes péroraient. On entendait ces mots : « roi d'Espagne, duc du Maine, duc d'Orléans »

A ce nom, « duc d'Orléans », un particulier ajouta :

— C'est un second Cartouche !

Ils sont de mèche, dit un autre.

Et déjà un troisième nouvelliste racontait un nouveau trait du célèbre chef de voleurs de qui les hauts faits, l'esprit et la « gentillesse » — comme écrit Mme Palatine, mère du Régent — fournissaient une inépuisable source d'anecdotes à la curiosité des Parisiens.

— Je le tiens de l'un des mirebalais de Son Altesse Royale, disait le nouvelliste.

Et les autres :

— Écoutez ! écoutez !

L'orateur continuait :

— Vous savez qu'au Palais-Royal une partie des gardes de Monseigneur le Régent sont des Cartouchiens.

A ces mots une rumeur s'éleva, mais le nouvelliste poursuivait avec assurance :

— Ils dévalisent Son Altesse Sérénissime, lui prennent son argenterie et sa belle vaisselle plate...

— Rien n'est plus vrai, cria un petit homme borgne ; mais on fit taire l'interrupteur.

— Comme la police de M. le duc d'Orléans est impuissante à arrêter les voleurs, il a voulu du moins réduire leurs profits. La vaisselle plate a été remplacée par de la vaisselle d'étain et ses épées, au lieu de poignées d'argent incrustées de nacre, ne connaissent plus que des poignées d'acier ciselé. Comme bien vous pensez, messieurs, Cartouche ne tarda pas à se procurer une de ces épées nouvelles. Il découvrit la fraude. Indigné, il vient de renvoyer à M. le Régent son épée tout en pièces avec un mot où il reproche à Son Altesse Sérénissime, « le premier voleur du royaume », — c'est Cartouche qui parle, messieurs, — de chercher à faire tort par de tels procédés à de plus modestes confrères.

Parmi les éclats de rire, on entendit ces mots :

— Et que fit le Régent?

— Mais, messieurs, ce que vous faites vous-mêmes : il en a ri.

La conversation revint à des questions plus graves. Rosette, évidemment, se trouvait parmi des frondeurs ; au fait, ils portaient tous des rubans blancs, rouges et gris de lin. Mlle de Launay exultait, quand, tout à coup, son cœur se mit à battre plus vite. Ne percevait-elle pas un son de voix bien connu? Un gentilhomme en perruque poudrée, justaucorps de camelot angora rouge et veste de mousseline, s'élevait avec vivacité contre la récente procédure au Parlement, qui, par un indigne coup de force, avait dépouillé le duc du Maine des droits à lui accordés par le testament du feu roi. Rosette s'approcha ; à peine put-elle étouffer un cri de surprise : elle se trouvait en face de M. de Silly. Il n'avait pas changé : c'était toujours la même figure agréable ; les mêmes façons nobles, aisées, distinguées.

Cette brusque rencontre avait ému Rosette au point de lui couper un moment la respiration. Bien que son cœur fût dans ce moment uniquement occupé de M. de Ménil, elle se rappela en une minute les mois passés au château de Silly, les promenades en compagnie du jeune gentilhomme ; quand on allait, sur le bord de la rivière, suivre la chasse aux sarcelles et aux poules d'eau ; au reste, sa rêverie de la veille n'avait-elle pas rafraîchi tous ces souvenirs?

Mais voici que, à son tour, M. de Silly l'a reconnue. Il s'est éloigné du groupe des nouvellistes et, son chapeau à la main, **est** venu au-devant d'elle en s'inclinant.

Après les salutations et les banalités d'usage :

— L'intérêt que m'inspire tout ce qui vous regarde, mademoiselle, m'a fait apprendre avec plaisir le parti que vous avez pris et la situation que vous avez trouvée. Vos jolies lettres sont devenues rares, depuis une année. En ai-je reçu plus d'une? Elle me disait du moins combien votre situation s'était améliorée auprès de Mme la duchesse du Maine.

— En effet, monsieur, répondit Rosette.

Il reprit :

— Je suis toujours le même, tel que vous m'avez connu. Un homme à préceptes, comme vous dites dans vos lettres en vous moquant de moi. Je voudrais que, dans cette situation, vous fussiez uniquement occupée de vous établir d'abord une réputation solide sans chercher à plaire par les agréments. Mais j'ai peur par tout ce que j'entends dire, que vous n'avez plus souci de la réputation de votre esprit que de celle de votre jugement.

— Décidément, repartit la jeune fille avec un éclat de rire, vous avez, monsieur de Silly, manqué **votre vocation** ; vous étiez fait pour être moine prêcheur.

Mais elle avait bien reconnu à ses paroles le caractère grave de M. de Silly, et qu'il n'avait pas plus changé que son visage.

Puis elle dit :

— Je m'efforcerai de suivre vos conseils.

Silly avait remis son chapeau sur une invitation de Rosette. Tout en causant, ils étaient sortis des Tuileries et remontaient vers l'Arsenal. M. de Silly demanda à sa jeune compagne de l'accompagner un bout de chemin. Elle y consentit. Et ils marchèrent l'un près de l'autre. Trottant menu, le regard vif, la mine futée, avec une frimousse de belette curieuse, Rose Rondel allait par derrière.

Je suis fâché, dit Silly, de penser que vous ne pouvez plus venir passer quelque temps dans les lieux où j'habite assez souvent. Je n'ai pas oublié le plaisir qu'il y a d'y être avec vous.

Rosette sourit. C'était la première fois que M. de Silly s'aventurait à prononcer des paroles aussi aimables à son endroit, aussi pleines de choses non exprimées.

Le temps, qui endort l'amour chez les uns, l'éveillerait-il chez les autres?

Après un moment de silence, car Rosette ne répondit pas, il dit encore :

— J'avais rêvé que vous y reviendriez pour longtemps.

Rosette se taisait toujours. Des émotions trop confuses se succédaient en elle, où venait se mêler le souvenir des seules heures heureuses qu'elle eût encore connues.

Et, tout à coup, M. de Silly parla ouvertement :

— Mademoiselle, je ne fais que craindre à votre sujet depuis quelque temps. Des bruits sont venus jusqu'à moi, et déjà, tout à l'heure sur la terrasse des Feuillants, quelques nouvellistes en parlaient, avec des détails divers, contradictoires, mais dont le fond revenait au même. La petite-fille du grand Condé n'accepterait pas docilement le triomphe du Régent ; elle nouerait des intrigues contre lui. Nous savons les mauvaises dispositions du roi d'Espagne contre le duc d'Orléans. On n'a jamais ôté de la tête à Philippe V que jadis, durant la guerre d'Espagne, Philippe d'Orléans aurait fait la cour à la reine et cherché à se défaire de lui-même par le poison. Mme la duchesse du Maine n'est pas femme à décliner le secours qui lui serait offert par l'étranger. Je serais au désespoir qu'il vous en pût arriver quoi que ce fût de fâcheux.

Rosette répondit en riant, mais assez nerveuse. Qu'allait-il s'imaginer là? Sans doute Mme la duchesse éprouvait du ressentiment ; mais ce ressentiment elle l'étouffait bien vite sous les divertissements de Sceaux, les « Grandes nuits » qui n'allaient pas tarder à reprendre avec un nouvel éclat.

Rosette le suppliait de démentir les propos de ce genre si l'on venait à les répéter devant lui.

Silly ne fut dupe, ni de cette gaieté, ni de ces dénégations trop ardentes ; seulement il pâlit un peu.

— Mademoiselle, dit-il, si je vous offrais de quitter la cour de Sceaux et de venir habiter la terre de Silly, que répondriez-vous?

— Que je reste à Sceaux, monsieur.

— Vous ne me comprenez pas, mademoiselle. En vous priant de venir habiter le château de Silly, c'est mon nom, mon titre, ma fortune que je vous prierais de vouloir bien accepter.

L'amour a une étrange puissance sur les cœurs qu'il domine. Ce que vit uniquement Rosette, c'est que si elle acceptait de devenir marquise de Silly, libre et riche, elle renoncerait pour toujours à être aimée de M. de Ménil. Il y a peu de temps, par des offres pareilles, elle eût cru voir combler tous ses vœux ; à présent elle n'avait plus qu'une pensée, qu'un espoir, qui la remplissait, l'absorbait tout entière : éveiller l'amour de M. de Ménil. Fol espoir, sans doute, ou du moins frêle espérance ; mais cette espérance si frêle était devenue toute sa vie.

— Adieu, monsieur, dit-elle à M. de Silly.

Et elle lui tendit la main.

Silly resta stupéfait, figé, immobile dans la pose où les paroles de Mlle de Launay l'avaient trouvé.

— Alors, alors, balbutiait-il, après un instant... vous refusez?

Elle répondit simplement :

— Je reste à Sceaux.

Et souriante, elle répéta les mots qu'elle seule pouvait comprendre :

« Dieu nous mène ! »

VII

Embarquement pour Cythère.

Dans le salon de musique de Mme la duchesse du Maine, M. de Châtillon, toujours froid, compassé et tranquille, s'est assis. Il compte l'argent étalé devant lui sur la table et, de sa voix flegmatique :

— Il y a mille pistoles en banque.

On venait de dîner, et aussitôt, dans le salon de musique, on avait installé une table pour le biribi.

— Cinq louis sur 26, déclara la duchesse.

— Un louis sur 23, dit M. de Richelieu. Mais je vous avertis, ajouta-t-il, que je possède une martingale infaillible qui m'a été donnée par une vieille bohémienne.

M. de Pompadour jeta un double louis, au hasard ; il tomba sur le 65. Mlle de Launay misa sur 20, le chiffre de son âge. M. de Ménil, absorbé dans la contemplation de la duchesse, oublia de rien mettre. M. le duc du Maine, debout, les mains derrière le dos, regardait les joueurs.

— Les jeux sont-ils faits? demanda M. de Châtillon.

Quelques secondes s'écoulèrent. Il annonça :

— Je tire.

Et il amena le n° 20.

— Je gagne ! cria Mlle de Launay.

— Je ne vous savais pas si âpre au gain, Rosette? fit M. de Ménil.

Rosette sourit :

— Je me réjouis parce que ce gain me semble un heureux présage.

— Heureux au jeu, malheureux en amour, dit M. de Châtillon d'un ton glacial ; puis, avec plus de vivacité :

— Faites vos jeux !

De nouveau les louis encombrèrent la table.

— Il y a, dit-il, tandis que les joueurs pontaient, il y a une nouvelle fort plaisante que j'ai apprise en me rendant ici. On vient d'arrêter, pour le conduire à la Bastille, un certain abbé Bri... Brigand, je crois.

La duchesse leva la tête, subitement inquiète :

— Comment dites-vous?

— Je dis, madame, reprit-il, qu'on a arrêté aujourd'hui un certain abbé Bri... Brigand... non Brigaud, c'est bien cela. Cet imbécile conspirait, paraît-il, contre le Régent. Dès le premier interrogatoire, il a tout avoué, l'origine de l'affaire, sa marche, les noms de ses complices, tout enfin. Et voilà des gens bien attrapés. Cela n'est-il pas à mourir de rire?

La duchesse fit un effort :

— C'est, en effet, très divertissant.

Puis Châtillon, regardant la table :

— Mais presque personne n'a ponté.

— Faites donc vos jeux, messieurs, dit la duchesse d'une voix brève, en surmontant son agitation.

Richelieu continuait de ponter sur le 23 ; et Rosette, cette fois, mit sur le 27 parce que ce chiffre représentait l'âge de Ménil.

Elle gagna encore. Une troisième fois Richelieu mit sur le 23, tandis que M. de Châtillon poursuivait :

— Figurez-vous cela, tous ces gens qui croyaient leur affaire bien secrète ; et en voilà un qui, tout de suite, en raconte plus qu'on n'espérait et nomme chacun par son nom.

M. de Châtillon éclata de rire : c'était la première fois de sa vie. Mais tout aussitôt, repris par ses fonctions de banquier, il annonça de cette voix froide et nette qui le caractérisait :

— Je tire, et il sortit le n° 23.

Richelieu gagnait.

— Monsieur le duc, lui dit Châtillon, tous mes compliments, voici que vous gagnez presque autant que vous avez perdu ; votre martingale est excellente.

Mais Richelieu ne songeait même pas à ramasser son argent ; d'autres pensées l'agitaient. Tous étaient pareils à lui : leur esprit voyageait bien loin de la table de biribi, évoquant la conspiration découverte — c'était la lettre de cachet, la Bastille aux tours effrayantes, ses murs et ses cachots. Ah ! M. de Châtillon, qui parlait rarement, parlait bien quand il parlait : il n'ouvrait la bouche que pour de singulières et navrantes histoires. Lui cependant priait encore les joueurs de miser :

— Faites vos jeux, messieurs ! décidément il n'y a pas de plaisir qui vaille une bonne partie de biribi. Les jeux sont-ils faits, messieurs? Je tire.

Et il plongeait la main dans le sac, où se trouvaient les petites boules avec les numéros ; mais plus personne ne semblait l'entendre : la consternation était peinte sur les figures ; seule Rosette demeurait parfaitement calme, ainsi que M. le duc du Maine qui, tout heureux, se mettait à expliquer comment il venait de retrouver, dans des chroniques anciennes, les détails d'un jeu semblable au biribi qu'on jouait à la cour de Philippe de Valois. M. de Châtillon, levant les yeux, vit tous ces visages altérés, n'y comprit rien et répéta :

— Faites vos jeux.

La duchesse, plus maîtresse d'elle-même, jetait de l'or sur la table. Tout à coup, la porte s'ouvrit brusquement Un cuisinier se précipita dans le salon, les yeux agrandis par l'effroi, en culotte blanche, tablier blanc, et en manches de chemise, coiffé d'un bonnet de marmiton. Tous s'étaient levés ahuris par cette entrée soudaine d'un domestique.

— Eh ! s'exclama la duchesse, c'est Brigaud.

C'était Brigaud en effet.

— Fuyez, fuyez, cria-t-il, nous sommes perdus !

En un instant, la table de biribi fut abandonnée. Tous entouraient Brigaud, le questionnant, le menaçant, l'accablant de reproches. M. de Châtillon, interloqué, regardait de la table, où il restait seul, ce curieux spectacle. Ainsi, ce Brigaud, c'était le Brigaud de la duchesse du Maine, et ces conspirateurs c'était la duchesse et ses amis. Ah ! pour une fois où il avait parlé longuement, il aurait mieux agi en se taisant, comme à son habitude. Il se leva, et disparut discrètement, d'autant qu'il ne tenait nullement à être surpris dans une maison où la police de Monseigneur le Régent venait de lever des conspirations. Pendant ce temps Brigaud bousculé, rabroué, parvenait tout de même à se faire entendre. Eh ! oui, on l'avait arrêté, et il avait tout avoué ! Que diable, un grand escogriffe d'exempt en robe courte proposait de lui donner la question si sa langue ne se déliait pas. La question ! Brigaud voulait bien mourir, subitement, pour la cause, sans souffrance, mais il ne voulait pas subir de supplice. Les jambes serrées entre des planches, et de grands coups de maillet qui vous brisaient les os : mille diables ! ce n'était pas là des procédés ! Et puis d'ailleurs, la police connaissait tout, les noms, le lieu de rendez-vous, la connivence de l'ambassadeur d'Espagne. Alors pourquoi aurait-il plus longtemps refusé d'avouer? Tous, en l'écoutant, tendaient les bras au ciel, criaient à la trahison, s'agitaient, se démenaient. Quelle malchance ! quelle infortune ! M. le duc seul ne s'étonnait de rien : « En matière de conspiration, murmurait-il en philosophe, une règle qui n'a guère connu d'exception veut que les conspirateurs ne sachent jamais rien, et que le gouvernement, au contraire, sache toujours tout. »

Pendant quelques instants, il y eut une inconcevable agitation. Chacun donnait un conseil, chacun présentait un avis, chacun offrait un remède, et personne n'exécutait rien. Ce fut la duchesse du Maine qui découvrit la seule chose à faire : brûler tous les papiers compromettants que renfermait l'hôtel. Brigaud avait pu s'échapper de chez lui, tandis que les exempts perquisitionnaient. Il avait emprunté à son cuisinier un peu de sa défroque et s'était évadé, emportant une cassette qui abritait les secrets de la conspiration. Maintenant d'ailleurs qu'il s'était sauvé, il débordait de joie, il éclatait d'orgueil, stupéfait qu'on n'admirât pas davantage et son déguisement et sa fuite. N'était-il pas vraiment le modèle des conspirateurs?

— Pendant que les estafiers de M. le Régent fouillaient dans mes papiers, disait-il, j'ai pu enlever cette cassette. Imaginez-vous qu'ils ont dépouillé une à une toutes les factures de mes fournisseurs.

— Des factures qui n'étaient pas payées, dit Pompadour.

— Naturellement.

Mme la duchesse du Maine ne prêtait plus attention à son discours. Aidée de Rosette, elle ouvrait la cassette et en jetait le contenu au feu. La grande cheminée du salon ronfla, éclairant la pièce de flammes brillantes. Les lettres d'Espagne flambaient avec les listes de Bretagne, avec la liste des officiers qui, déjà, avaient promis leur appui : les dépêches du prétendant écossais s'en allaient en fumée avec les adhésions des Parlements de province. M. de Ménil amassait d'autres papiers encore, tous ceux qu'il avait classés avec Rosette. Et tous, autour du foyer, les lançaient en criant avec rage : « Au feu ! au feu ! »

Tout en éparpillant, avec des pincettes, les feuillets parmi les flammes, pour les faire consumer plus vite, Ménil disait à Brigaud :

— Eh bien, l'abbé ! vous voilà content, je pense : encore un déguisement !

Mais voici que l'abbé était pris d'épouvante ; c'était ce butor d'exempt en robe courte qui lui revenait à l'esprit, et la question dont il lui avait parlé :

— Des coups de maillets !... les brutes !

Le marquis de Pompadour parcourait rapidement les documents avant de les jeter au feu. Tout à coup il s'arrêta :

— Ah ! la jolie lettre ! quel esprit ! quelle grâce ! quel style !

— Brûlez, je vous prie, dit Rosette, qui avait reconnu ce papier.

Mais Richelieu s'en était emparé et en donnait lecture.

Brigaud trépignait :

— Brûlez, brûlez, vous dis-je ! les voilà à présent qui font de la littérature !

Le duc du Maine, au contraire, s'était rapproché pour écouter avec attention.

— En effet, dit-il, quand Richelieu eut terminé, les phrases sont d'une forme parfaite. Quelle jolie langue, nerveuse et limpide ! Je vois, mademoiselle de Launay, que vous avez fait de fortes études latines. Quel est votre auteur préféré?

— Virgile et ses églogues, monseigneur.

— L'on pouvait tomber plus mal !

Tityre, tu patulæ...

Brigaud éclatait :

— Bon ! les voilà qui se mettent à réciter les *Bucoliques* ! mais brûlez donc les papiers ! je vous dis que les minutes sont précieuses.

— Vous allez rendre ce pauvre abbé complètement fou, appuya la duchesse du Maine ; brûlez ces papiers, messieurs.

Et l'on se remit à brûler avec rage.

A genoux, devant la cheminée, Pompadour toussait, éternuait :

— Aïe ! ouf, malepeste, voici que je me brûle les doigts !... Pas tant à la fois, de grâce !... Quelle fumée ! Je vais sentir comme un jambon d'York... Ma foi, j'en ai assez !

Et il se releva.

A ce moment, l'abbé Brigaud se frappait le front. Qu'avait-il encore à révéler ? On l'interroge, il balbutie, se dérobe aux questions, bredouille ; affalé dans un fauteuil, il poussait des exclamations. Enfin, sur l'ordre irrité de la duchesse, il parle. Tout cet incendie était bien inutile. Il avait oublié de dire que le pauvre Porto-Carrero avait été arrêté à Poitiers, sur la route d'Espagne, qu'on avait pénétré le secret de la chaise de poste à double fond et qu'on s'était emparé de tout ce qu'il possédait. A ces mots la duchesse éclata :

— Et vous êtes là à nous faire jeter au feu des lettres sans importance ! Tenez, l'abbé, vous êtes stupide !

Et ce n'était pas tout : l'hôtel de M. de Cellamare avait été investi et son quartier rempli de troupes ; l'ambassadeur lui-même était arrêté. Rien ne pourrait peindre la fureur de la duchesse. Le malheureux Brigaud ne savait où se cacher, et, pour comble d'infortune, ce déguisement, dont il était si fier, le rendait, en outre, ridicule !... Ce bonnet de marmiton, ces culottes blanches et ce tablier de cuisine personnifiaient toute la légèreté de cette frivole conspiration, où chacun n'avait vu jusqu'alors qu'une partie de plaisir et qui, subitement, tournait au tragique. Les uns voulaient fuir, les autres se défendre et tuer exempts, archers et hocquetons. M. du Maine allait à travers les groupes, hochant la tête et répétant : « Quelle réunion de toqués ! » Fuir ? mais c'était impossible : on ramènerait bientôt les fugitifs sous bonne escorte. Se défendre ? mais leurs frêles épées de salon se briseraient vite contre les fortes lames des hommes de M. d'Argenson. Et puis résister aggraverait encore leur cas. Que faire ? attendre, alors, attendre qu'on vînt les chercher pour les emprisonner.

Ils n'attendirent pas longtemps. Les domestiques accouraient : le lieutenant de roi à la Bastille entrait dans l'Arsenal.

Deux ou trois minutes s'écoulèrent... Un grand silence régnait et M. de Maisonrouge apparut sur le seuil du salon, revêtu de son uniforme, l'épée au côté, son chapeau à la main. Rosette, toute frissonnante de joie, le regarda fixement. En cet instant, elle ne le trouvait plus ni vieux ni gauche ; elle le trouvait admirable puisqu'il lui apportait ce qu'elle souhaitait — la prison en compagnie de M. de Ménil. Elle se montrait même trop joyeuse, et, sans l'effondrement où tous étaient tombés, le moins clairvoyant s'en fût aperçu. M. de Maisonrouge fit quelques pas, puis s'inclina longuement devant le duc et la duchesse. Des sergents se tenaient à la porte.

— Monsieur le duc, madame la duchesse, dit-il d'une voix grave, j'éprouve une grande tristesse à venir remplir mon ministère auprès d'un prince et d'une princesse tels que vous... dans une maison où j'ai été honoré d'un si grand accueil.

— Faites votre devoir, mon ami, répondit le duc. Ce sont là les misères de la vie... Vous n'en continuerez pas moins à jouer remarquablement de la flûte allemande et à conserver mon amitié.

M. de Maisonrouge s'inclina de nouveau.

— Je suis porteur, reprit-il, de plusieurs ordres du roi.

— Vous voulez dire du Régent, interrompit la duchesse.

— Pas de vaines paroles, de grâce, fit le duc. Laissez Maisonrouge accomplir sa mission et nous communiquer ce qu'il advient de chacun de nous.

— Madame la duchesse, commença Maisonrouge, est respectueusement priée de se rendre tout de suite en Bourgogne, où une belle résidence, le château de Dijon, est mise à sa disposition. Quant à monsieur le duc, Sa Majesté lui assigne comme séjour le château de Doullens, en Picardie.

Le duc s'était tourné vers sa femme :

— Vous voyez, madame, où vous nous avez menés avec vos grands projets.

Et déjà l'humour, qui était l'un des charmes de son esprit, reprenait le dessus :

— Où vous nous avez menés... vous, madame, en Bourgogne, et moi en Picardie.

L'artiste qu'il était s'affirmait en toute occasion :

— Ah ! c'est une belle chose que l'imagination !... Une conspiration !... Enfin, vous avez du moins, madame, le sentiment du pittoresque, qualité rare et que l'on n'avait guère rencontrée jusqu'à ce jour que chez les écrivains anglais.

Puis il demandait encore à Maisonrouge :

— Je suppose, monsieur, qu'il me sera permis d'emporter mes collections. Elles

tiendront dans une vingtaine de carrosses.

— Oh ! monseigneur, je pense que rien ne s'y opposera.

— Et nous? interrogea Rosette, en désignant d'un geste les gentilshommes.

— J'ai ordre de vous emmener tous à la Bastille, y compris Mlle de Launay, ce soir même ; mais je suis autorisé à vous laisser quelques instants afin que vous puissiez vous munir de ce qui vous est nécessaire.

— Nous irons comme nous sommes, répliqua M. de Ménil.

M. de Richelieu, M. de Malézieux et M. de Pompadour ajoutèrent :

— Nous aussi.

— Et moi aussi, fit l'abbé Brigaud, en s'avançant dans son costume de marmiton.

— Du renfort pour la cuisine, observa le duc du Maine.

Mlle de Launay avait disparu, mais bientôt elle revint. Elle avait noué sur ses épaules un mantelet à coqueluchon de ratine bleu pâle, garni de blondes ; elle avait pris son ombrelle à canne très longue, où se nouaient des flots de rubans blancs, rouges et gris de lin, et portait dans un réticule des objets de toilette.

— Vraiment, elle est charmante ! ne put s'empêcher d'observer Mme la duchesse du Maine, malgré ses préoccupations.

M. de Maisonrouge offrit le bras à la jeune fille. Rosette salua d'abord profondément le duc et la duchesse du Maine, puis, gaiement, s'appuya au bras de l'officier.

— Vous voyez lui dit-elle, en lui montrant son réticule, j'emporte des sels anglais pour le cas où je me trouverais mal au cours des interrogatoires.

Elle riait de tout cœur.

— Mais, dit M. de Ménil, on croirait d'un embarquement pour Cythère.

— Dieu l'entende ! murmura-t-elle

Et, se retournant vers lui, elle demanda sur un ton amusé :

— Vous ne m'aimez toujours pas, chevalier?

— Non, mademoiselle.

— Chevalier, je veux que vous m'aimiez.

— Vous pouvez tout ce que vous voulez.

— Je me suis juré que vous m'aimeriez.

Galamment, plaisantant, raillant presque, il repartit :

— Mais il me semble, mademoiselle, que mon amour est en route.

Et Rosette, rieuse, mais un peu nerveuse :

— En route, parfaitement.

Comme Rosette passait la porte avec M. de Maisonrouge, un officier aux gardes suisses les heurta. C'était M. de Staal.

— Ah ! mademoiselle, bredouilla-t-il, mademoiselle, je viens d'apprendre ce qui se passe, et j'accourais vous dire, vous assurer...

Rosette était déjà loin.

VIII

A LA BASTILLE.

Après avoir traversé ponts volants et ponts dormants, franchi des portes et des poternes munies de sentinelles l'arme au bras, — lesquelles toutes, à son approche, conformément à la consigne, se tournèrent la tête contre le mur, — après avoir vu s'abaisser, puis se relever plusieurs ponts-levis et entendu des bruits de chaînes fort désagréables, Mlle de Launay, toujours au bras de M. de Maisonrouge, arriva dans une vaste pièce qu'elle décrira en ces termes à la duchesse du Maine :

« Enfin je pénétrai dans une grande chambre, où il n'y avait que les quatre murailles fort sales et toutes charbonnées par le désœuvrement de mes prédécesseurs. Elle était si dégarnie de meubles qu'on alla chercher une petite chaise de paille pour m'asseoir ; deux pierres pour soutenir un fagot qu'on alluma ; et on attacha proprement un petit bout de chandelle au mur, pour m'éclairer. »

La femme de chambre que Rosette avait emmenée, Rose Rondel, que nous avons suivie avec elle aux Tuileries — une fille toute spontanée et inhabile à cacher ses impressions — ne put se tenir de savoir s'il faudrait coucher sur le plancher. M. de Maisonrouge en rit de bon cœur :

— Mais certainement, répondit-il, c'est la mode à la Bastille, nous y couchons tous sur le plancher.

M. de Maisonrouge, heureux sans doute de tenir entre ses gros doigts de geôlier royal une aussi gentille captive que la Rosette de ses rêves, était de très bonne humeur ; mais comme il n'aurait osé se permettre la plus légère familiarité avec la jeune lectrice de la duchesse du Maine, ce fut le menton de Rose Rondel, l'accorte soubrette au minois arrondi, qu'il pinça d'un geste bonhomme avant que de s'en aller.

Rondel, remplie de respect pour M. le lieutenant de roi, qui commandait à la Bastille où elle allait se trouver enfermée, — et pour toujours peut-être, — répondit à cette câlinerie de soldat, par une longue et profonde révérence, qui fit rire Maisonrouge de plus belle. Puis il sortit, ferma la porte en tirant de gros verrous. Rosette l'entendit rire encore, tandis qu'il descendait l'escalier, où retentissait son pas militaire, lourd et cadencé.

Mlle de Launay, cependant, continuait

de noter ses impressions à l'intention de la duchesse du Maine :

« Après le départ de M. de Maisonrouge, Rondel et moi commençâmes à nous entretenir assez paisiblement, surprises, en somme, de n'être pas plus effrayées, lorsque nous entendîmes rouvrir nos portes avec fracas — à cause du nombre et de la lourdeur des verrous cela ne pouvait se faire autrement. « On nous fit passer dans une chambre vis-à-vis de la nôtre, sans nous en rendre raison. On ne s'explique pas en ce lieu-là, dit Rosette, et tous les gens qui vous abordent ont une physionomie si resserrée qu'on ne s'avise pas de leur faire la moindre question. »

« Nous fûmes barricadées dans cette chambre aussi soigneusement que nous l'avions été dans l'autre. A peine étions-nous renfermées, que je fus frappée d'un bruit qui me sembla tout à fait inouï. J'écoutai assez longtemps pour démêler ce que ce pouvait être. N'y comprenant rien, et voyant qu'il continuait sans interruption, je demandai à Rondel ce qu'elle en pensait. Elle ne savait que répondre ; mais, s'apercevant que j'en étais inquiète, elle me dit que cela venait de l'Arsenal dont nous n'étions pas loin ; que c'était peut-être quelque machine pour préparer le salpêtre. Je l'assurai qu'elle se trompait, que ce bruit était plus près qu'elle ne croyait et très extraordinaire. Rien pourtant de plus commun. Je découvris par la suite que cette machine, que j'avais cru destinée à nous mettre en poussière, n'était autre que le tourne-broche que nous entendions d'autant mieux, que la chambre, où l'on venait de nous transférer, était au-dessus de la cuisine. »

A cette angoisse s'en mêlait une autre. La nuit tombait sur Paris et paraissait plus noire encore entre les épaisses murailles du sombre château ; or, Rosette ni Rondel ne voyaient venir le moindre lit, ni le plus léger souper. Ce que M. de Maisonrouge venait de dire en riant, qu'à la Bastille on n'avait d'autre couchette que les solives du plancher, serait-il par hasard la vérité? Et le tourne-broche, que ces dames croyaient encore quelque horrible instrument de torture, continuait son effrayant vacarme. Enfin la porte se rouvrit et les deux prisonnières furent ramenées dans leur première chambre, où elles trouvèrent les meubles que, durant leur absence, les porte-clés de la Bastille y avaient installés : un petit lit assez propre, un fauteuil, deux chaises, une table, une jatte, un pot à eau : mais, pour Rondel, une manière de grabat que la pauvre fille considéra d'une mine assez déconfite. Le porte-clés s'aperçut de sa figure maussade :

— Ce sont les lits du roi, mademoiselle, il faut vous en contenter.

Le dîner, en revanche, servi sur une nappe toute neuve, fut jugé succulent. Pour Rondel elle-même le couvert était d'argent, marqué aux armes de France. Deux marmitons, de blanc vêtus, avaient fait leur apparition avec des pyramides de plats fumants entre leurs bras qui avaient peine à les porter : une julienne d'asperges des mieux assaisonnées ; pour entrées un coulis de perdrix et une langue de bœuf à la braise, lardée moitié lard, moitié jambon ; des fèves de marais ruisselant de graisse ; comme rôti du lapereau piqué, puis une pièce de foie gras aux truffes vertes et une salade de culs d'écrevisses ; enfin pour dessert des tourtes garnies de feuillantine et des fruits de saison ; le tout arrosé d'un petit vin de Touraine légèrement mousseux et de vieux bourgogne du cru le meilleur. Les deux jeunes femmes en furent, dans l'instant, tirées de leurs préoccupations ; d'autant que le repas ne s'était pas achevé sans le retour de l'excellent Maisonrouge qui venait voir si ses prisonnières mangeaient de bon appétit. Ne leur manquait-il rien? Il s'excusa de ne pouvoir, pour le moment, donner un logement meilleur, ni un mobilier plus somptueux ; mais il espérait bien, quelques jours passés, attribuer à Mlle de Launay une chambre plus confortable et qu'elle pourrait garnir elle-même, à son goût, avec des meubles qu'elle ferait venir du dehors.

Le lendemain, il lui envoya quelques livres, des cartes à jouer et de quoi écrire ; si bien que Rosette put, de ce moment, noter ses impressions de Bastille ; — puis dans la journée il lui rendit encore visite et lui apprit que M. de Ménil habitait tout près d'elle. Le cœur de Rosette battit, mais, sur le moment, elle n'osa rien dire. Depuis qu'elle se sentait prisonnière, quelque raison qu'elle se fît, M. de Maisonrouge lui apparaissait revêtu d'une dignité, d'une majesté, d'une autorité qui lui en imposaient. Cependant, de plus en plus attentif à lui plaire, à lui adoucir dans la mesure du possible les rigueurs de la détention, il venait journellement voir la jeune prisonnière, avec une ponctualité toute militaire, et, à chaque fois, elle devait remarquer combien il lui en coûtait de la quitter.

Voici que, à sa grande surprise, Rosette se sentait soulagée des plus grandes peines de son état, de cet état de servitude qui, dans la maison de la duchesse du Maine pesait si lourdement à sa nature vive et avide d'indépendance.

— Tu vas me croire folle, disait-elle parfois à Rondel, — car, en cette existence si étroitement commune, l'intimité n'avait pas tardé de s'établir entre Mlle de Launay et sa soubrette, — tu vas me croire folle, mais je me sens ici plus libre que quand j'étais en liberté.

Aussi Rosette aurait-elle goûté le repos que lui donnait sa captivité même, si son esprit n'eût été troublé par une pensée fâcheuse et dont elle était continuellement obsédée :

« Quelques jours avant que je fusse à la Bastille, écrit-elle dans les notes qu'elle rédigeait, l'abbé de Chaulieu m'avait conté, à l'occasion de tous les gens qu'on y mettait, des histoires effrayantes de ce qui s'y passait ; entre autres, celle d'une femme de condition, à qui, autrefois, on avait donné la question, sans lui faire son procès, et si rudement qu'elle en était demeurée estropiée toute sa vie. Il prétendait que ce moyen y était souvent employé sans aucune formalité et que l'exécution s'en faisait par les valets de la maison. Cette opinion, qu'il m'avait mise dans l'esprit, avait de quoi m'alarmer. Je devais être regardée comme l'artisan principal du grave complot qui nous avait fait incarcérer ; j'étais sans doute supposée aussi faible que les femmes ont coutume de l'être ; d'ailleurs, confondue parmi les gens de la duchesse du Maine, un personnage peu important. Il y avait toute apparence que, si l'on tentait cette voie, le choix tomberait sur moi. Frappée de cette idée, j'avais un extrême désir d'en éclaircir les fondements, mais je ne savais comment m'y prendre. Je hasardais, un jour que j'étais avec notre lieutenant de roi, d'amener la conversation sur plusieurs choses que j'avais ouï dire qui se faisaient à la Bastille. Il les traita la plupart de contes puérils. Enfin, baissant le ton, comme on fait ordinairement quand on est embarrassé, je lui dis qu'on prétendait qu'on y donnait quelquefois la question sans forme de procès. Il ne me répondit rien. Nous nous promenions dans ma chambre pendant cet entretien. Il fit encore un tour et s'en alla assez brusquement. Je demeurai tout éperdue et plus persuadée que jamais du sinistre traitement qu'on me destinait. Je crus que M. de Maisonrouge en était informé et que cette connaissance lui avait fermé la bouche. En cela, évidemment, je montrais peu de réflexion, étant donnés ses sentiments à mon égard. Ne devait-il pas tout faire pour me sauver? décidément l'appareil dont s'entourait la Bastille, l'aspect redoutable de la geôle et la mine des geôliers, les trousseaux de clés énormes, les fortes serrures et les gros verrous agissaient sur mon imagination plus vivement que je n'aurais dû raisonnablement le supposer. Je continuai donc de me promener, l'esprit de plus en plus inquiet. Je ne dormis pas la nuit. »

Enfin, le lendemain, au retour de M. de Maisonrouge, Rosette prit son courage à deux mains, et lui posa hardiment la question redoutable. Et l'officier du roi de se mettre encore à rire : « J'avais oublié, dit Rosette, que notre lieutenant était sourd d'une oreille et, me ressouvenant que j'avais adressé mon premier interrogatoire de ce mauvais côté, je m'égayai de la vaine terreur que son apparente circonspection m'avait causée. »

Emportée par ce mouvement de gaîté et passant brusquement, par réaction, de l'accès de timidité qui l'avait prise à une très grande hardiesse, la jeune fille demanda vivement à son cerbère s'il voulait bien l'autoriser à écrire cinq ou six lignes au chevalier de Ménil, son voisin de prison, et s'il se prêterait à les lui remettre. Une pareille demande pouvait irriter M. de Maisonrouge, si bon qu'il fût : Mlle de Launay était sa prisonnière ; il devait la surveiller ; mais il oublia une

seconde son devoir de soldat. Il ne rêvait pas de plus grand bonheur que de faire plaisir à Rosette et il savait qu'il pouvait lui faire en cette occasion le plaisir le plus grand. Elle écrivit donc la lettre que Maisonrouge porta. M. de Ménil, qui s'ennuyait déjà et que cette correspondance imprévue enchantait, le chargea de la réponse. Puis ce fut une nouvelle lettre et une réponse nouvelle.

Que pouvaient se dire ces jeunes gens, si étroitement resserrés, séparés du monde, privés de toutes nouvelles extérieures, et si près l'un de l'autre? La politesse même amenait Ménil à écrire des paroles aimables, de plus en plus aimables, bientôt des propos galants. Fleurs de rhétorique, pensait le beau chevalier, mais qui devaient briller de couleurs de plus en plus vives.

Fine et rusée, Rosette répondait avec réserve, avec discrétion, avec malice ; jusqu'au jour où Ménil mit, au haut d'une de ses épîtres, ce couplet d'une chanson à boire que fredonnaient les étudiants :

> On ne croit boire que chopine
> Et quelquefois on en boit deux :
> On croit rire avec sa voisine
> Et l'on en devient amoureux.

En sa riposte, Rosette se fâcha — du moins, elle en fit semblant ; Ménil insista, Rosette bouda — du moins, elle en fit semblant ; Ménil s'enflamma... Oh ! ce n'était encore qu'un jeu de son esprit qui s'exaltait dans la solitude, sachant une fille charmante, enfermée là, tout près de lui et s'efforçant de lui écrire en termes de plus en plus gracieux. Mais déjà l'observateur aurait pu démêler qu'un beau matin les vers transcrits ci-dessus ne se trouveraient plus très loin de la vérité. C'était du moins ce que craignait Maisonrouge, à qui Ménil tenait à lire ses lettres ;

il le craignait prématurément, sans doute, rendu sensible à l'expression de ces sentiments dont son cœur devait souffrir, si rempli qu'il était de sentiments identiques. Il n'en continua pas moins à faire le Mercure galant avec une égale régularité.

« Il m'a avoué depuis, écrit Rosette, que, chaque fois qu'il prenait ou rendait nos lettres, il s'enfonçait un poignard dans le cœur. »

Bientôt commencèrent les interrogatoires des différents détenus, impliqués dans l'affaire de la duchesse du Maine : l'austère M. d'Argenson, lieutenant de police, et M. Le Blanc, ministre de la Guerre, accompagnés de l'abbé Dubois, ministre des Affaires étrangères, s'installaient dans une salle qui se trouvait juste au-dessous de la chambre de Mlle de Launay. Là, ils faisaient comparaître les accusés.

Couchée à terre, l'oreille collée au plancher, Rosette essayait d'attraper quelques mots des interrogatoires ; mais tout au plus entendait-elle des éclats de voix ; cependant elle ne se lassait pas d'écouter. Enfin, ce fut son tour. Il y avait six semaines qu'elle était en prison, quand ces messieurs l'appelèrent. Elle mit du rouge pour cacher la fatigue de son visage, et descendit un peu troublée. Devant les juges, elle ne fut pourtant ni embarrassée ni intimidée, ne dit que ce qu'elle voulait dire, en s'écartant d'ailleurs à peine de la vérité.

C'est quelque temps après cet interrogatoire que l'existence de Rosette à la Bastille et celle de ses compagnons changea complètement. M. de Maisonrouge reçut-il du côté du Régent des ordres explicites, ou seulement des avis dont il élargit le sens ? Prit-il sur lui, sans en référer à personne, d'adoucir une captivité qui menaçait de se prolonger ? Il est probable que l'amour fut tout-puissant sur son âme. Il ne pénétrait jamais dans la chambre de Rosette sans un serrement de cœur, et quand il songeait à l'ennui où s'écoulaient pour elle les journées, alors qu'elle était habituée à tant d'agitation, il ne pouvait s'empêcher de soupirer. Un soldat qui soupire sur la dureté de son devoir est bien près d'y manquer !

De M. de Maisonrouge, lieutenant de roi à la Bastille, Mlle de Launay elle-même a tracé ce portrait :

« Il me témoignait une attention sans bornes ; c'était un soin perpétuel de me satisfaire, sans aucun égard pour lui-même ; plus de désir de me contenter que de me plaire ; tellement à moi, qu'il semblait n'être plus à lui. Je n'ai vu dans le monde, ni même dans les romans, des sentiments aussi parfaits qu'étaient les siens ; sentiments qui ne se sont jamais démentis et d'autant plus admirables qu'ils n'étaient point l'ouvrage des raffinements de l'esprit, mais de la simple nature qui semblait avoir voulu faire un cœur où il n'y eût rien à reprendre. La probité, l'honneur, toutes les vertus qui font l'honnête homme, lui étaient également naturelles, et son esprit, ni délié, ni orné, était véritablement droit et sensé. Il aimait, il savait qu'il n'était pas aimé ; il fit, sans espoir de la moindre faveur, ce qu'aurait fait l'homme le plus amoureux, mais sans calcul, sans arrière-pensée, par le simple effet d'une nature admirablement vertueuse. » C'est qu'il aimait Rosette véritablement, si occupé d'elle qu'il ne lui parlait jamais de ses sentiments, mais toujours d'elle-même ; elle était devenue l'unique objet de ses entretiens avec les autres prisonniers.

On ne tarda pas à transférer Mlle de Launay dans une autre chambre, plus claire, plus spacieuse, où l'on avait disposé quelques meubles confortables et moelleux, qu'avait fournis l'hôtel du duc du Maine, avec des tapisseries. Comme, un matin, elle avait exprimé son regret de ne pouvoir faire de musique, faute d'instrument, l'après-midi même, M. de Maisonrouge fit placer chez elle un clavecin et lui remit toute la musique qu'il put découvrir. M. Jourdan de Launcy, gouverneur de la Bastille, était alors malade ; M. de Maisonrouge était le maître. Il n'y eut pas jusqu'à une chatte qu'il n'offrît à sa prisonnière. Rosette avait vu le gracieux animal se chauffer au timide soleil d'hiver et l'avait trouvé joli. Bientôt il la pria d'accepter une petite corbeille tout enrubannée pour sa nouvelle compagne. Un mot, un sourire, moins encore, un geste de Rosette le payaient de toute sa peine, pourvu que la gentille captive fût le moins malheureuse possible. Mais Rosette se jugeait encore très malheureuse, et elle ne le dissimulait pas à M. de Maisonrouge, qui s'en désolait.

— Que désirez-vous donc, lui demanda-t-il enfin.

— Je m'ennuie, je suis toute seule ; je voudrais voir mes compagnons, M. de Richelieu, M. de Pompadour... M. de Ménil... et ici elle baissa la voix... Cela est-il donc impossible?

Ce jour-là, M. de Maisonrouge s'en alla sans rien répondre.

M. de Ménil s'ennuyait aussi, comme Mlle de Launay, plus même. Mlle de Launay goûtait des joies secrètes, et, tout d'abord, de sentir qu'elle s'était bien engagée dans la voie où elle espérait rencontrer son but. Elle savait que Ménil était là, bien enfermé, loin de la duchesse, tout près d'elle, séparé par quelques mètres... ; elle rêvait à lui, elle s'imaginait de tendres choses... ; elle lui écrivait des lettres dont M. de Maisonrouge se faisait toujours fidèlement le courrier ; elle rimait pour lui des vers qu'ensuite, il est vrai, elle déchirait. Lui, non seulement s'ennuyait de sa solitude, mais la correspondance même entamée avec Rosette avivait à présent l'impatience où il était de la revoir. Et, en désirant se retrouver auprès d'elle, ce n'était pas seulement Rosette qu'il avait hâte de rencontrer, c'était généralement la jeune femme de qui il était désireux d'admirer à nouveau les grâces captivantes, ces grâces qui lui manquaient tant ; car c'étaient les femmes mêmes, au milieu desquelles il avait été accoutumé à passer sa vie, qui lui faisaient cruellement défaut, et qui, dans le moment, se résumaient pour lui précisément en Mlle de Launay.

Ne plus soupirer à de beaux yeux qu'on aime, ne plus lancer de doux et brûlants regards, ne plus murmurer à une oreille finement ourlée des paroles caressantes, ne plus se pomponner chaque jour en songeant qu'une comtesse, une marquise, voire une duchesse, admireront votre coquette élégance : quelle détresse !

Et puis, il se redisait combien Rosette avait d'esprit. Combien il serait agréable de causer avec elle de la bizarre aventure qui les unissait. Elle le ferait rire assurément, et comme il y avait longtemps qu'il n'avait ri !... L'énorme perruque noire de M. d'Argenson, les yeux durs et sombres de M. Le Blanc, et la figure chafouine de l'abbé Dubois n'étaient pas pour égayer un prisonnier. M. de Maisonrouge l'impressionnait par trop de gravité.

Aussi, dans ses lettres à Rosette, se mit-il, avec une ardeur de plus en plus grande, à lui parler de son esprit, de sa grâce, de son charme, il ne la nommait plus un homme d'État, — car la gentille prisonnière le lui avait rappelé d'une plume espiègle. Mais il répondit en se défendant comme un diable, en alléguant les labeurs de la conspiration. Oui, elle avait toutes les qualités d'un homme d'État, il n'en disconvenait pas, mais elle avait aussi toutes les grâces et le charme délicieux d'une femme... Et, dans une nouvelle épître, il célébrait ses yeux limpides, ses cheveux aux reflets si chauds, ses lèvres rouges, brillantes comme des cerises mûres, toute sa personne morale et physique, physique surtout... Lettre en somme abominablement bête, adorablement bête, se dit Rosette, qui vit enfin par là que le badinage devenait sérieux. Cependant, fidèle à sa ligne de conduite, elle continua de faire l'incrédule... eut l'air de n'avoir jamais éprouvé pour son correspondant le moindre sentiment... Ce qu'elle avait pu lui en dire, certains jours, avant leur mise à la Bastille, par boutade, n'avait été que pour se divertir... Le galant en fut piqué, s'en irrita, redoubla de protestations, s'indignant d'être toujours forcé d'écrire... Ah ! si au lieu d'en être réduit à coucher continuellement ses sentiments par écrit, comme un notaire ses grimoires, il pouvait lui parler face à face, comme il la convaincrait. Rosette n'en doutait pas.

Il fallait donc, concluait Ménil, qu'ils pussent se voir longuement, souvent... Est-ce que M. de Maisonrouge ne consentirait pas à leur ménager des entrevues?... Tout lui obéissait à la Bastille, et qui le saurait au dehors?...

Bref, dans le cœur de M. de Ménil, deux sentiments luttaient à qui serait le plus fort, ou plutôt, ils s'y entendaient à merveille, car ils allaient au même but : l'ennui d'être enfermé et l'impatience de revoir Rosette. Ménil en devint ingénieux. Il crut s'aider habilement d'un songe qu'il venait de faire, ou qu'il imagina, pour adoucir M. de Maisonrouge. Il

lui conta donc qu'il avait rêvé la nuit précédente qu'on lui avait fait son procès et qu'il était condamné à demeurer perpétuellement à la Bastille, mais en société avec Mlle de Launay qui n'en devait non plus jamais sortir, et que cette circonstance seule l'avait consolé de ce jugement rigoureux. Il lui demanda enfin de lui laisser voir Mlle de Launay ; M. de Maisonrouge refusa.

Il ne refusa pas longtemps. Chacun de ses prisonniers, comme M. de Ménil, s'ennuyait, et pour la même raison : Mlle de Launay, qu'ils aimaient tous un peu, devenait maintenant à leurs yeux une divinité merveilleuse. Quelles soirées délicieuses on passerait chez elle... elle était si gaie... si drôle... on jouerait, on ferait de la musique... Dans chaque chambre, où se rendait M. de Maisonrouge, il rencontrait un solliciteur et entendait la même requête. On faisait valoir auprès de lui les liens d'amitié noués à l'hôtel de l'Arsenal... on n'était pas son prisonnier, on était son ami... D'autre part, Mlle de Launay, en affectant une tristesse de plus en plus vive, le désolait. Allait-il la laisser dépérir?... Sa raison se donna pour déraisonner les plus solides raisons. Il autorisa une première visite de M. de Richelieu à Rosette, puis une seconde de M. de Pompadour, puis une autre de l'abbé Brigaud, une enfin de M. de Ménil, accompagné de M. de Malézieux. Si bien que les portes de toutes les chambres s'étant ouvertes : on put aller l'un chez l'autre, dîner ensemble, chanter, jouer, rire... et surtout conter fleurette à une femme...

M. de Ménil cependant ne témoignait pas d'une satisfaction absolue : jamais, depuis l'heureux moment de cette première liberté, il n'avait réussi à se trouver seul chez Rosette : il y rencontrait toujours un autre prisonnier. A peine avait-il pu, par ses regards, par ses attentions, par quelques mots rapides, témoigner de ce qui l'agitait.

Las d'une attente si monotone, M. de Ménil, un soir, alors que tous les conspirateurs avaient regagné leur logis, s'introduisit dans la chambre de sa jolie voisine. Il avait trouvé le secret d'ouvrir sa porte à lui, de l'intérieur, et pouvait ainsi entrer facilement chez Rosette car, durant la journée, les portes s'ouvraient librement de l'extérieur, c'est-à-dire du couloir où elles donnaient ; le soir seulement, les gardiens, en faisant la première de leurs rondes nocturnes, les fermaient à clef. Ménil avait choisi l'heure où M. de Maisonrouge soupait. A cette vue inopinée, Rosette fut frappée du plus grand étonnement. Si avertie qu'elle fût de l'état sentimental de M. de Ménil, elle ne soupçonnait pas qu'il pût l'amener à une démarche si hasardeuse.

M. de Ménil était dans une fièvre extraordinaire : le mystère, le silence de la prison, que troublaient seuls à intervalles réguliers les cris des sentinelles, le danger d'être surpris, l'émotion d'une première rencontre secrète, tout contribuait à accroître son exaltation. Un peu effrayée, un peu intimidée, mais cependant doucement émue de bonheur, Rosette se tenait près du foyer, une main appuyée au dossier de son fauteuil ; la flamme du bois qui se consumait illuminait son visage ; elle était simplement vêtue de linon blanc, la taille nouée d'un large ruban couleur d'ambre. A cet instant, il n'y avait pas au monde pour M. de Ménil une femme qui fût aussi belle que Rosette ; et si, dissimulée quelque part, Mme la duchesse du Maine avait pu l'observer, elle eût souffert sans doute de le voir auprès de sa jeune lectrice dans un trouble aussi fort qu'auprès d'elle-même.

— Eh bien, monsieur, dit Mlle de Launay, que voulez-vous?

Il demeura quelque temps sans répondre, comme pour mettre de l'ordre dans ses pensées embarrassées ; puis les paroles se précipitèrent à ses lèvres :

— Vous croyez peut-être que je ne songe qu'à charmer l'ennui de ma solitude. Depuis que tous les prisonniers ont liberté de se fréquenter, j'ai résolu de vous ouvrir mon cœur ; je ne l'ai jamais pu, ne vous ayant jamais trouvée seule. C'est pourquoi je suis ici ce soir. Je veux que vous connaissiez toute l'étendue de mes sentiments, et je veux connaître toute l'étendue des vôtres.

Mlle de Launay fut assez forte pour rester maîtresse d'elle-même. Enfin, M. de Ménil l'aimait donc ! Si elle n'avait écouté que son âme, elle fût tombée dans les bras du chevalier ; mais elle avait assez d'esprit pour ne pas ignorer qu'une victoire trop facile refroidit l'homme le plus épris. Elle répondit qu'elle ne croyait pas qu'une simple distraction tournerait si vite et si sérieusement. Quand elle déclarait qu'elle forcerait M. de Ménil à l'aimer, elle ne songeait qu'à badiner. Qu'il voulût bien considérer combien l'état, où elle se trouvait, était disproportionné au sien, qu'elle n'avait ni bien ni nom, mais seulement une réputation passagère, et qu'enfin elle ne possédait pour tout avantage que son ancien titre humiliant et ineffaçable de femme de chambre ! Lui, irrité par ces manières de refus, répliqua avec véhémence qu'il était sûr de lui, et que nulle considération ne pourrait le changer. Mlle de Launay le pressant de faire de nouvelles réflexions, il jura que son respect et sa soumission, seraient toujours le principal témoignage de l'attachement qui le dévouait à elle pour la vie.

— Ce n'est pas votre amoureux, lui

dit-il avec passion, que je veux être, mais votre mari.

Quelle joie envahissait Rosette ! les paroles, qui se pressaient sur ses lèvres, ne parvenaient plus à se former. Il lui semblait qu'elle étouffait, qu'elle allait défaillir. Elle fit signe au chevalier qu'elle entendait du bruit dans le couloir et le poussa doucement vers la porte.

Demeurée seule, elle s'assit. Il lui semblait que tout en elle, le cœur, la tête, éclatait de bonheur. La nuit, qu'elle passa tout éveillée, lui parut courte ; sur le matin elle s'endormit et ne se réveilla qu'à l'heure où le soleil était déjà très haut sur l'horizon. Elle s'habilla, elle dîna ; et voici que l'après-midi, au contraire, lui sembla d'une longueur infinie. Elle n'avait plus qu'une pensée en tête :

« Le soir, M. de Ménil reviendra-t-il me trouver? »

Pompadour, Boisdavis, Brigaud, Richelieu vinrent avec Maisonrouge passer quelques instants dans sa chambre. Richelieu lui proposa de chanter avec elle, au clavecin, le duo de *Castor et Pollux* : elle refusa. Ses hôtes lui trouvèrent l'air si préoccupé qu'ils lui demandèrent si elle était souffrante. Ils en abrégèrent leur visite. Elle se retrouva seule. « Ce soir, M. de Ménil reviendra-t-il me trouver? » La question ne se détachait plus de sa pensée et les minutes se traînaient, longues comme des heures ; enfin la porte s'ouvrit.

C'était lui. Elle le vit, radieux, dans un éblouissement, et s'appuya un instant à une console qui était près d'elle. Elle ne pouvait plus penser, ni même sentir que confusément ; mais elle était heureuse. M. de Ménil s'approcha d'elle et la prit dans ses bras ; toute faible, elle s'y abandonnait ; enfin... enfin, il l'aimait... leurs lèvres s'unirent en un long baiser.

A cette vue, Rose Rondel, la légère soubrette, avec des gestes de gamine espiègle, gracieux et expansifs, gagna prestement la chambre de Ménil, en glissant par la porte entre-bâillée.

Ménil et Rosette touchaient à l'une de ces heures de la vie qui valent parfois la vie entière. Ils en eurent la notion, la sensation profonde ; et, dans la solitude qui les entourait, leur sembla plus vive encore la beauté de leur émotion.

Nulle lumière ne brillait dans la chambre haute et tranquille ; mais les rais d'un clair ciel d'hiver se répandaient sur le sol en une large nappe blanche, parallèlement rayée de noir par les barreaux de fer dont la fenêtre était armée. Les flammes d'un ton très chaud, que faisait mouvoir le feu déclinant dans la cheminée, y mêlaient leurs reflets orange.

Assise près de l'âtre, au fond du grand fauteuil de bois brun, Rosette se tenait immobile, la tête inclinée, les mains croisées sur ses genoux. A ses pieds, immobile aussi, Ménil s'était assis à terre où il formait une masse noire. Le chat, qui vivait dans la chambre de Rosette, rôdait très doucement à travers la pièce, avec des mouvements infiniment silencieux, comme s'il eût eu, lui aussi, conscience du doux mystère, du sentiment divin dont l'atmosphère s'était comme imprégnée. Mais, à intervalles réguliers, retentissait le bruit de la petite cloche que la sentinelle de garde, au dehors, sur le chemin de ronde, sonnait tous les quarts d'heure pour faire entendre qu'elle ne dormait pas. Combien de fois la clochette de la sentinelle fit-elle résonner ses notes argentines? — Soudain, une voix bien connue, la voix de M. de Maisonrouge, qui traversait la galerie en sa ronde nocturne et interpellait un porte-clés attardé, les arracha à leur rêverie. Ménil se leva d'un mouvement rapide et se mit tout près de son amie. Il la prit à nouveau contre lui. Sa main sentait le cœur de la jeune fille battre à grands coups. M. de Maisonrouge passa : ils devinèrent sa haute stature... puis le bruit de ses pas, qui résonnait dans les couloirs sonores, s'affaiblit et s'évanouit tout à fait.

— Il faut vous en aller, il faut vous en aller, insista Mlle de Launay.

Et ce soir-là, le chevalier lui obéit, sûr désormais qu'on l'accueillerait avec toute la tendresse d'un amour partagé.

IX

LA FÊTE DE ROSETTE.

C'était en juin et la « conspiration » tout entière, Richelieu, Pompadour, Boisdavis, Brigaud, Ménil, Malézieux, auxquels devait se joindre l'excellent Maisonrouge, avait déclaré à Rosette qu'on viendrait dans sa chambre fêter ses vingt et un ans, sa majorité.

« Et comme vous allez être majeure et libre de disposer entièrement de votre cœur, avait dit chacun de ces messieurs, je formule sur ledit cœur les prétentions les plus énergiques. »

La perspective de cette jolie fête souriait à la jeune fille. Dans la vaste pièce qui lui servait de chambre, elle s'occupait avec Rondel, son alerte et dévouée chambrière, à tout ordonner pour la collation.

Sur une table carrée, en bois de chêne, une nappe blanche resplendissait. Le couvert d'argent y était mis ; — et le mot « couvert » s'employait encore à la Bastille dans son sens propre ; car les plats, de crainte qu'ils ne se refroidissent durant le trajet assez long auquel ils étaient con-

damnés, arrivaient des cuisines sous des couvercles bien clos.

Les rideaux de damas blanc, rayés d'argent, avec un semis de petites fleurs au naturel, dont les hautes fenêtres s'encadraient, faisaient un singulier contraste avec les lourds barreaux de fer dont elles étaient munies ; les murailles étaient tendues de tapisseries de Beauvais, où l'on voyait l'histoire d'Énée et de Didon, reine de Carthage ; dans le fond de la pièce, un lit à l'italienne, tendu de damas blanc et argent, devant lequel était dressé un paravent de drap blanc à six feuilles ; puis, de droite, de gauche, un secrétaire, une commode, une « convalescente », où Rosette s'étendait pour lire les romans que lui envoyait M. de Maisonrouge, une « duchesse » brisée en trois, et quelques tabourets. Le clavecin était en bois de rose. Sur le rebord de la haute cheminée, la réduction en marbre d'une mythologie due au ciseau de Robert Le Lorrain, dont l'original avait été placé dans le parc de Versailles.

Rose Rondel bavardait, tout en rangeant la table, où elle disposait symétriquement — en s'écartant par moments de deux ou trois pas pour juger de l'effet — les compotiers de fruits, les assiettes de gâteaux, les buires de vin d'Espagne et les flacons de sirop : ici c'étaient des oranges, des bigarades, des compotes et des confitures sèches ; là des gâteaux de Compiègne ; plus loin des fruits glacés, des fruits crus, des fruits secs. L'éveillée soubrette posait également sur la table des vases de cristal pour recevoir des fleurs. Les vases étaient vides, mais tout à l'heure, se disait-elle, ces messieurs les garniraient.

Allant et venant, elle passait devant la glace, une haute psyché, qui se trouvait posée dans l'un des angles de la pièce, et, chaque fois, ne laissait pas de s'y mirer ; car Rondel s'était mise sur son trente et un, pour la fête de sa maîtresse. Elle avait tiré de la grande caisse en bois de noyer son beau corsage d'indienne blanche mouchetée de rouge et sa jupe de taffetas cramoisi : cette jupe, qui lui tombait de la taille en plis droits, était de quatre ou cinq doigts plus courte que le tablier de taffetas noir à poches et laissait voir de la sorte jusqu'au mollet des jambes faites au tour, couvertes de bas en fine laine blanche à coins rouges. Les petits pieds de la jolie fille étaient chaussés de menus souliers en maroquin noir ornés de boucles à pierres. Elle portait au cou, attachée par un ruban de linon noir, la croix d'or que M¹¹ᵉ de Launay lui avait donnée ; enfin c'était une pittoresque coiffure de fille de village, un fichu de toile fine noué sous le menton, mais accommodé par les mains les plus adroites et qui contribuait à rendre la gentille chambrière jolie à ravir. Au fait elle paraissait s'en douter, à en juger du moins par les regards satisfaits qu'elle jetait à la psyché au cadre d'or chaque fois que l'occasion s'en présentait.

Assise à son secrétaire, Rosette continuait de noter ses « impressions de Bastille ».

— Mademoiselle, lui disait Rondel, en vous suivant en prison, je ne prévoyais guère que j'y dresserais constamment des tables de six et huit couverts.

Rosette ne répondait pas ; Rondel éleva le ton :

— Mademoiselle sait-elle que la Bastille est vraiment un séjour délicieux?... Je ne parle pas de notre installation confortable et luxueuse...

A ce moment elle s'arrêta en contemplation devant l'un des « Beauvais » qui garnissaient les murs :

— Les tapisseries et les meubles ont été fournis par Mᵐᵉ la duchesse du Maine.

— Et les grilles et les serrures par Monseigneur le Régent, dit cette fois-ci Rosette, levant la tête. Chacun y a mis du sien.

Puis elle ajouta :

— Rondel, tu es insupportable, je ne t'écoute plus !

Rondel poursuivit :

— Il a même bien fait les choses, Monseigneur le Régent. Quelles serrures, Seigneur ! avec une clé longue comme ça et plus grosse que les tours de Notre-Dame... Sans parler de ces deux énormes verrous que l'on tire chaque soir à nuit close... Et que l'on tire chaque matin pour nous réveiller... Car je ne sais pas si vous êtes comme moi, mademoiselle ; mais c'est le bruit des verrous qui me réveille tous les matins. Boum ! boum ! quel vacarme !

— Rondel, dit Rosette un peu impatientée, je t'ai priée déjà de te taire.

Mais Rondel, rangeant toujours, continuait de parler :

— Si ce n'était ces maudites fermetures, je trouverais tout charmant ici, les choses et les gens... les gens surtout... il n'y a que des Messieurs.

— Rondel, dit Rosette, tu pourrais du moins être convenable.

La soubrette eut une petite moue caractéristique et développa sa pensée :

— M. le gouverneur de la Bastille est un homme fort agréable, qui nous prie à dîner, au moins une fois par semaine... Et quant à M. le lieutenant de roi, M. de Maisonrouge, c'est un ange ; il n'y a pas d'autre mot, c'est un ange ; un ange qui vous adore... car enfin il vous adore, M. de Maisonrouge.

Rosette releva vivement la tête :

— Qu'est-ce que tu dis, Rondel?

— Mademoiselle, je dis que M. de Maisonrouge vous adore.

Mlle de Launay essaya de prendre un ton de voix sévère :

— Rondel, tu me ferais plaisir de te mêler de ce qui te regarde.

Mais Rondel estimait que ces affaires-là la regardaient énormément.

— Et M. de Maisonrouge n'est pas le seul, ajouta-t-elle ; il y a aussi le chevalier de Ménil, dont l'amour pour vous tourne à la frénésie.

— Rondel, je vais te mettre à la porte, dit Rosette, en faisant mine de se fâcher pour de bon.

La soubrette, mutine, éclatait de rire :

— Mademoiselle sait bien que ce n'est pas possible.

De la main elle montrait la porte aux pentures de fer énormes, à la formidable serrure habituellement fermée à double tour :

— Mademoiselle, essayez donc de me mettre à la porte... que voilà !

Tout en parlant, la jeune femme de chambre s'était rapprochée de l'objet qu'elle désignait et allait s'y appuyer de toute sa gracieuse petite personne, quand elle faillit tomber à la renverse : en un brillant tumulte de rires et de bruits de voix, un groupe de gentilshommes faisait irruption : ils avaient tous des habits en broderie, couverts de rubans et de dentelles, ils avaient des plumes claires à leurs chapeaux et chacun d'eux tenait en main un brillant bouquet de fleurs.

Rosette s'était levée. Elle demeurait immobile en sa gaie surprise ; de leur côté ces messieurs de la « conspiration » s'étaient également arrêtés, frappés, eux aussi, d'une surprise joyeuse : jamais ils n'avaient vu Rosette aussi jolie. Et puis ils la trouvaient toute changée.

Elle s'était vêtue, pour cette fête, d'une robe volante à longs plis s'élargissant vers le bas sur son panier ; l'étoffe en était fixée au corsage et flottait avec grâce, au dos et sur les côtés : une robe vert-de-pomme, rayée de blanc, avec des nœuds de gaze chiffonnée aux poignets et à la gorge, d'un jaune vif, le jaune des pissenlits qui croissent sur le bord du chemin. Ses petites mules, aux talons de bois, recouvertes de taffetas vert-de-pomme, laissaient voir des bas de fil blanc, les coins brodés de laine jaune. Rosette, qui négligeait d'ordinaire pour sa figure les artifices de la toilette féminine, se contentant avec raison de sa fraîcheur et de sa grâce naturelles, avait eu l'idée, ce jour-là, de se poudrer en frimas ; sur ses joues elle avait mis un nuage léger de vermillon d'Espagne et y avait ajouté deux mouches, qui faisaient ressortir davantage encore l'espiègle finesse de ses traits, l'une près de l'œil, la « passionnée », l'autre au coin des lèvres, « la friponne ». Et vraiment l'on eût dit que c'était le pinceau même de l'un des plus gracieux artistes du temps, celui de Watteau ou de Pater, celui de Lancret ou de Gillot, qui l'avait ainsi créée en une inspiration de son génie enchanteur :

— Comme elle est jolie !

— Comme elle est belle !

— Petite fée gracieuse...

— Divine créature...

Ce ne fut qu'un murmure où tous ces hommes, entrés simultanément dans la chambre, mêlaient leur commun sentiment.

Le marquis de Boisdavis s'avança le premier, en tendant une grande gerbe de fleurs :

C'est pour rabattre leur caquet
Que j'offre ces roses à Rose :
Elles comprendront, je suppose,
Qu'elle est, en sa fraîcheur mi-close,
La plus belle de leur bouquet.

— Ah ! monsieur de Boisdavis, c'est charmant, dit Rosette, battant des mains. Permettez-moi de vous dire à mon tour que vos vers sont encore plus jolis que vos fleurs. Venez que je vous embrasse !

Et, sur la joue du jeune gentilhomme, Rosette déposa le plus sonore des baisers.

Puis ce fut le tour du galant duc de Richelieu :

J'étais le papillon inconstant et frôleur,
Qui vole, passe, fuit, et jamais ne se pose ;
Mais me voici captif, prisonnier d'une fleur :
     De notre Rose.

— Richelieu, Richelieu ! dit Rosette, grondant du doigt, à combien de belles dames avez-vous déjà tenu propos pareils?

Et comme le duc protestait :

— Approchez, brillant papillon ; je veux vous embrasser, vous aussi, et soyez sûr que vous m'avez fait d'autant plus de plaisir que je vous sais moins sincère.

Le marquis de Pompadour, qui s'était avancé le troisième, disparaissait littéralement derrière l'énorme bouquet de pivoines qu'il avait de la peine à tenir entre ses mains. A travers cette muraille fleurie, on entendit comme un murmure :

Que me font les verrous, les grilles et les portes
De ce donjon? Si quelque mal venu
Venait me dire : « Il convient que tu sortes » ;
Je répondrais : « Le puis-je? » ici je suis tenu
Par des chaînes qui sont les chaînes les plus
     [fortes,
Celles dont m'a lié ton regard ingénu.

— J'ai bien l'air d'un barbare geôlier, dit Rosette tout heureuse.

En lui donnant un baiser, elle l'entoura autant qu'elle put de ses bras gracieux :

— Il faut bien que je vous enchaîne, mon galant prisonnier.

Ménil, lui, n'avait mis dans son bou-
quet que des « Ne m'oubliez pas ». Ses vers débutaient également par une allusion à la Bastille :

Rose ! en ce séjour ténébreux
Vos yeux versent tant de lumière
Que d'un infortuné vous faites un heureux
A qui la joie est coutumière.
Par votre pouvoir enchanté
Vous changez en rire les larmes,
L'enfer en paradis et l'hiver en été ;
Mais je réponds bien mal à tant de charité :
Rose, je n'ai qu'un cœur, vous avez tous les
     [charmes.

La voix de Ménil tremblait légèrement d'émotion ; à peine put-il venir jusqu'au bout du couplet. Rosette ne l'embrassa pas ; mais, lui prenant ses fleurs des mains, elle les mit elle-même dans un vase de cristal, qu'elle posa sur la table auprès de son propre couvert.

A présent, c'était le tour de M. de Malézieux, membre de l'Académie française. Il n'avait, lui, qu'une fleur unique dans sa main droite, une rose rose, d'une nuance charmante ; de sa main gauche, il tenait une grande feuille de papier qui fit juger à Mlle de Launay que sa poésie allait se distinguer au moins par sa longueur :

C'était une fable, la *Naissance de la rose*.

Bacchus buvait sur la fougère
Lorsqu'une gentille bergère
Tout près de lui vint à passer :
Vite il laisse verre et bouteille,
Part et, sur sa bouche vermeille,
Croit déjà prendre un doux baiser.

De Bacchus l'air brusque l'effraie.
Elle s'enfuit dans la coudraie ;
Pourtant la belle en tapinois,
Plus curieuse que sauvage,
Regarde à travers le feuillage
Si le dieu la suit dans le bois.

Mais quel chagrin ! Bacchus presqu'ivre,
Trébuche en voulant la poursuivre :
Méchamment la belle en riait ;
Tandis qu'en un buisson d'épine,
Sa jupe légère et badine
En voltigeant s'embarrassait.

Saisi de la joie la plus vive,
Bientôt vers la belle captive
Il marche quoique en chancelant,
L'atteint, l'embrasse et, sur la joue,
Où maint petit amour se joue,
Fait naître un vermillon charmant.

Pour reconnaître ce service,
Dessus cette épine propice
L'heureux dieu fait croître une fleur,
Dont la couleur vermeille et tendre
Du baiser qu'il vient de surprendre
Imite l'aimable rougeur.

Envoi :

Rougeur charmante et qui me grise,
Rose au teint clair, quand je la vois
Répandue en buée exquise
Sur ton visage aux traits narquois,
Sur tes lèvres dont le sourire
Depuis longtemps m'a subjugué,
M'a réduit sous ton cher empire,
Ma Rosette, oh ! ma mie, o gué !

Malézieux disait remarquablement bien les vers. Au reste, dans ce moment, chacun d'enthousiasme trouvait absolument tout admirable. L'académicien fut félicité. Rosette prit la fleur qu'il lui présentait et la mit à son corsage ; puis se tournant vers Brigaud :

— Et monsieur l'abbé n'a rien composé pour ma fête?

L'abbé tenait dans ses mains, lui aussi, une gracieuse gerbe fleurie :

— Mademoiselle, je vous apporte tous mes vœux, ces anémones et ces œillets blancs ; quant à la poésie, mon état ecclésiastique...

— Ah ! le bon apôtre, criaient les conjurés.

— Cependant, ajoutait l'abbé, si mademoiselle Rosette voulait m'embrasser tout de même...

— Oui, monsieur, nous allons vous embrasser... tout de même.

Restait Maisonrouge. Il était demeuré dans un coin, la figure épanouie de joie de voir sa petite amie si heureuse, si fêtée.

— Mademoiselle, dit-il en s'avançant, je ne suis pas poète ; cependant j'ai voulu, comme ces messieurs, faire des vers en votre honneur, j'y ai mis tout mon bon vouloir, ce seront certainement les seuls que j'aurai faits dans ma vie.

— Oh ! oh ! messieurs, dit Pompadour ; écoutons les vers de M. de Maisonrouge !

L'excellent lieutenant de roi s'était approché, la main posée sur sa poitrine, dans une attitude tragi-comique, car il essayait de rire, tout en étant sur le point de pleurer :

Rosette, je vous aime,
Beaucoup plus que moi-même.

Ce fut un tonnerre d'applaudissements.

— Voilà de l'éloquence ! déclarait Malézieux ; c'est ce que nous appelons, à l'Académie, « la simplicité antique ».

Rosette était vraiment émue :

— Vos vers sont les meilleurs de tous, monsieur de Maisonrouge ; aussi n'est-ce pas un baiser que je vais vous donner ; je vous en donnerai deux.

Et, après l'avoir embrassé :

— A table :

Chacun prit place, Maisonrouge en face de Rosette, comme le maître de céans.

On imagine la gaîté, l'entrain, l'animation du repas. Rondel servait avec sa grâce et sa vivacité coutumières. Malézieux, membre de l'Académie française, buvait rasades sur rasades. Les Immortels de l'Olympe, eux-mêmes, servis par Hébé et par Ganymède, auraient ici fait triste figure auprès de leur confrère en littérature. Richelieu en fit la remarque. Malézieux rappelait l'usage, suivi par nos pères, de vider autant de coupes à la santé de leur belle, que celle-ci comptait de lettres dans son nom.

— Et vous n'avez qu'un défaut, ma jolie petite Rose, c'est de n'avoir dans votre nom que quatre lettres.

— Monsieur, répondit la jeune fille, je m'appelle Rosette.

— C'est vrai ! dit l'académicien radieux ; cela fait trois lettres, je veux dire trois verres de plus.

Il était debout, la coupe en main, et faisait honneur, avec le plus grand enthousiasme, au nom qu'il voulait célébrer. Auprès de lui, Rondel versait le Frontignan.

Puis on parla du Régent, de la duchesse du Maine, de l'illustrissime abbé Dubois ; Maisonrouge disait les succès remportés par la Duclos à la Comédie, le retentissement de la pièce nouvelle, composée par Cartouche lui-même et jouée par les propres acteurs du roi ; la vogue, enfin, acquise par les bals du Théâtre français. Ces propos furent interrompus par le bruit d'un soufflet. C'était Rondel qui, tout en riant, appliquait vivement sa main sur la joue de M. de Malézieux, que les sept verres de Frontignan avaient rempli d'une ardeur excessive.

Brigaud était debout sur son siège. Le verre en main, il chantait à tue-tête :

> C'est un bruit de tonnerre
> Qui roule dans mon cœur,
> Il roule dans mon verre...

L'abbé lui-même roula par terre, non sans avoir, dans le trajet, en rebondissant sur la table, brisé deux ou trois coupes de cristal.

Mais le bruit de la cascade n'interrompit pas Pompadour et Richelieu, qui avaient entamé une discussion sur les mérites relatifs de la musique italienne et de la musique française. Pompadour tenait pour les Français : leur art était sage, uni, naturel, il ne souffrait pas les tours extraordinaires ; la musique italienne, au contraire, était forcée, hors des bornes de la nature, sans liaison, sans suite...

Voilà ce que Richelieu ne pouvait laisser dire :

— Marquis ! l'école de Lully est fade et insipide !

— Fade et insipide ! dit Pompadour, sachez monsieur...

Ils s'étaient levés et, comme des coqs prêts à la bataille, marchaient l'un sur l'autre. Vive et légère, Rosette sautait entre eux ; de ses petites mains elle leur fermait la bouche :

— Allons ! dit-elle, c'est le moment de danser.

Chacun aidant, en trois minutes, le milieu de la pièce fut dégagé. Pompadour se mit au clavecin. Il jouait des gavottes du vieux Lambert — de la musique française ! — que Ménil et Rosette dansèrent avec une grâce et une précision parfaites. Richelieu voulut engager Rondel ; mais elle ne savait que des sabotières, les pas rustiques de chez elle, qui se dansaient aux chansons.

— Qu'à cela ne tienne, dit Richelieu, j'en sais plus d'une, et il entonna :

> C'est Colin et Colinette
> Qui vont bras dessus, dessous,
> Qui vont danser à la fête,
> A la fête de chez nous...

Pompadour s'était levé du clavecin pour prendre la main de la soubrette. Combien de fois ne s'était-il pas mêlé, jeune seigneur, aux noces et aux assemblées de son village ; il étonna chacun par la saveur de sa grâce rustique.

Puis il fallut que Rosette chantât. Elle

s'accompagnait elle-même : nulle artiste ne savait rendre avec plus de finesse, avec plus de maligne et piquante naïveté, les bergeries à la mode :

Dans un bosquet la charmante Rosine
Portait sa plainte aux échos d'alentour :
Je ne sais quoi me trouble et me chagrine,
Est-ce bien là ce qu'on appelle amour?
Près mon troupeau, mon chien et ma houlette,
Un feu secret me consume en ce jour ;
Tout me distrait et je languis seulette :
Est-ce bien là ce qu'on appelle amour?

Et chaque fois, la « Conspiration » tout entière reprenait en chœur les vers du refrain :

Est-ce bien là ce qu'on appelle amour ?

Au dernier couplet, ces messieurs étaient tous aux pieds de la jeune cantatrice, riant, se culbutant, la main sur le cœur :

Voilà, voilà ! ce qu'on appelle amour

Les heures avaient paru des minutes, quand on se sépara.

Mais on eut toutes les peines du monde à enlever Malézieux qui, après avoir célébré la fête de Rosette, déclarait qu'il fallait aussi célébrer la fête de Rondel et, pour commencer, il s'obstinait, sans la moindre rancune, à vouloir l'embrasser.

Le lendemain, à vrai dire, le brillant écrivain se réveillait avec un fort mal de tête et une bouche empâtée ; mais il avait le cœur à l'aise, comme ses compagnons, comme Maisonrouge lui-même, si content d'avoir vu fêter avec tant d'entrain sa jeune amie qu'il n'en prêta qu'une attention distraite à la semonce de M. le gouverneur, lequel le fit appeler pour lui reprocher d'avoir permis à la « Conspiration » de mener un si grand tapage dans l'intérieur de la Bastille.

X

LES OISEAUX S'ENVOLENT.

Par son intelligence, sa finesse, son activité, Rosette avait réussi à combler ses vœux les plus grands. Humble suivante de la duchesse du Maine, elle était parvenue, par sa seule valeur, à conquérir un bonheur qui lui semblait parfait, et si la certitude d'épouser M. de Ménil ne lui avait fait souhaiter sa délivrance, elle eût désiré ne jamais voir finir sa captivité.

Un dieu vraiment la protégeait, qui voulait ce qu'elle voulait, et jetait dans le cœur d'un beau chevalier, jusqu'alors indifférent, un amour inespéré. Elle aimait quelqu'un dont elle se croyait parfaitement aimée, et elle eût plutôt appréhendé la chute du ciel qu'aucun changement chez son ami. Et elle faisait encore des vers, la nuit, pendant les heures d'insomnie ; mais ce n'étaient plus des vers de désespérance ; elle y laissait chanter sa joie et son bonheur. C'était un rondel dont il lui arriva de crayonner la première strophe, d'un morceau de charbon ramassé au bord du foyer éteint, sur la lourde planche de bois brut dont la porte de son cachot était formée :

Gai chevalier qu'on aime en la tour sombre
Si près d'ici,
Est-il un ciel plus beau que la pénombre
Du mur noirci
Qui nous enclôt, hautaine citadelle,
Et garde ainsi
Mon cher amour, mon bel amour fidèle,
De tout souci?

M. de Ménil passait ses journées entières chez son amie, seul ou avec ses compagnons, jaloux même des complaisances qu'elle ne pouvait se dispenser d'avoir pour M. de Maisonrouge, s'irritant à le rencontrer dans sa chambre, lui reprochant de l'inviter à sa table, désireux enfin qu'elle se brouillât avec lui. Cette jalousie enchantait Rosette. M. de Ménil, aussi, ne lui cachait rien, lui montrant jusqu'aux lettres d'une cousine, celle-là même qu'il avait un peu aimée dans son adolescence, et qui maintenant le poursuivait de ses déclarations. Ils en riaient tous deux. Dans sa joie continue, si vive, si pleine, Rosette avait chassé loin d'elle les souvenirs tristes de naguère ; le présent seul la possédait.

Toute la bande joyeuse allait presque régulièrement dîner chez le gouverneur de la Bastille, le très noble et galant René Jourdan de Launey, seigneur de la Bretonnière. En dehors du château proprement dit, mais encore dans l'enceinte des murs de clôture, il avait de somptueux appartements. A cette occasion, chacun faisait toilette. Nouvelle ressource pour faire passer les heures de la captivité. Mlle de Launay s'habillait ordinairement en mousseline légère, sur fond rose : puis elle ne mit plus d'autres robes, car c'étaient celles que Ménil préférait. « Nous allions dîner chez le gouverneur, écrira Rosette elle-même, et, après le dîner, je jouais une reprise d'hombre avec MM. de Pompadour et de Boisdavis, et Ménil me conseillait. La partie quelquefois se rangeait autrement. Quand elle était finie, nous retournions chez nous. Le chevalier de Ménil me suivait d'assez près. La compagnie se rassemblait chez moi, avant le souper que nous retournions faire chez le gouverneur, après lequel chacun s'allait coucher. Le matin, je revoyais Ménil et nous ne nous quittions guère.

« Je ne désirais d'autre liberté que celle dont je jouissais. Il ne me semblait pas qu'il y eût d'autre monde que l'enceinte de nos murs. C'était le temps le plus heureux que j'eusse connu jusqu'alors. Aurais-je cru que le bonheur m'attendait à la Bastille ! »

Une ombre aurait passé sur tant de joie, si Rosette avait pu être sensible à quelque chose qui ne concernât pas le chevalier de Ménil. M. de Maisonrouge ne fut pas longtemps sans s'apercevoir que sa jeune amie avait triomphé du chevalier. Sans doute se blâma-t-il en secret d'avoir si naïvement favorisé cette liaison, en se faisant lui-même le messager des deux prisonniers. Il continua cependant à entourer Rosette des mêmes soins ; seulement, il évita de se trouver chez elle avec M. de Ménil et il fut souvent triste ; mais Rosette, heureuse, ne le remarquait pas.

Les semaines succédaient aux semaines ; le printemps avait remplacé l'hiver, et l'automne, l'été. Un an avait fui. On était en janvier 1720. De nouveau, la neige s'amoncelait dans les fossés du château, quand la pluie ne les inondait pas. Le froid entrait partout, et les grands feux de bois, que les détenus allumaient dans leurs chambres, ne suffisaient pas à le chasser complètement. Il fallait la verdeur du jeune âge et l'espérance d'une prochaine libération pour s'en moquer. Et ils s'en moquaient. M. de Maisonrouge les renseignait parfois sur le sort du duc et de la duchesse du Maine. La duchesse, d'abord menée à Dijon, avait été transférée à Châlons, où l'on avait élevé pour elle tout une maison ; actuellement, elle était à trente lieues de Paris, dans une agréable résidence. M. le duc avait été assez dangereusement malade. Enfin, il leur apprit que l'ordre était arrivé de faire sortir tous les domestiques de la duchesse que l'on avait également emprisonnés : valets de chambres, valets de pied et frotteuses. Les joyeux conspirateurs ne doutèrent plus que leur tour ne vînt bientôt. Ils avaient raison. Quelques jours plus tard, ils dînaient, un soir, chez Mlle de Launay. Le repas était le plus gai, le plus animé, le plus brillant qui se pût imaginer. On avait, comme de coutume, fêté la charmante hôtesse, célébré sa beauté, sa grâce, son esprit, on avait bu à la Bastille et à celle qui en était la fée. Rosette avait autour d'elle une cour empressée, comme autrefois Mme la duchesse du Maine. M. de Ménil, assis en face d'elle, ne pouvait détacher les yeux de sa personne, des yeux à la fois tendres et brûlants. Tout à coup, on frappa à la porte, et M. de Maisonrouge apparut. M. de Richelieu levait son verre pour lui porter toast, mais le lieutenant de roi le remercia d'un geste et pria qu'on lui accordât un peu de silence. Tous se turent. M. de Maisonrouge s'avança : il tenait l'ordre qui mettait en liberté tous les convives ; dès le lendemain, ils quitteraient la Bastille. Des cris de joie saluèrent cette nouvelle. Cependant, avant de les relâcher, le gouvernement exigeait une déclaration qui relatât les détails de la conspiration. Tous alors protestèrent : une déclaration ! mais c'était une trahison qu'on leur demandait, une lâcheté : non, non, ils ne la rédigeraient pas ! Après tout, ils ne s'ennuyaient pas à la Bastille ; ils y resteraient un peu plus longtemps, voilà tout.

— Je vais l'écrire, fit Rosette soudain.

Et, sans s'inquiéter des murmures, elle s'assit. Un instant, le bout de la plume contre ses lèvres, elle réfléchit, puis la plume se mit à courir sur le papier, rapide comme un lièvre aux champs. Dans le silence qui s'était fait, on entendait le menu grincement de la penne blanche sur la grande feuille de papier blanc. Chacun se penchait au-dessus d'elle pour lire. A un moment où elle se relevait brusquement, Rosette donna un grand coup de tête dans le nez de M. de Pompadour qui faillit en tomber à la renverse. Quelle étrange histoire elle racontait ! mais elle se moquait du Régent, de l'État, de la vérité? Ne disait-elle pas qu'elle avait organisé à elle seule la conspiration. Elle aimait M. de Ménil, M. de Ménil ne l'aimait pas, elle s'était juré qu'il l'aimerait !... Alors, elle avait cherché un moyen de se rapprocher de lui... Le chevalier toutefois, la conspiration en train, ne faisait que s'enthousiasmer davantage pour la duchesse du Maine... Alors, elle avait dénoncé l'entreprise : ainsi M. de Ménil serait arrêté avec elle et avec elle emprisonné à la Bastille, où elle se promettait de gagner son cœur.

— C'est impayable ! s'écria M. de Pompadour.

— Quel esprit ! s'écria M. de Malézieux.

— Je veux que vous mettiez mon nom, et pas celui du chevalier, dit M. de Richelieu.

— Non, le mien ! demandaient les autres.

M. de Maisonrouge demeurait silencieux ; il savait bien que Rosette n'inventait rien, mais, dévoué jusqu'à la dernière extrémité, il s'interdisait toute parole.

— Si Rosette conserve le nom du chevalier, je me bats en duel avec lui, ajouta M. de Richelieu.

Tous se joignirent à lui dans la même menace. M. de Ménil paraissait fort gêné.

— Eh bien ! proposa l'abbé Brigaud, tirons le nom au sort.

Mlle de Launay inscrivit les noms sur

des billets blancs, puis les jeta dans un chapeau ; on remua, on agita, on secoua les petits papiers, puis Rosette, après avoir retroussé sa manche en tira un : il portait le nom de M. de Ménil.

— Décidément, M. de Ménil a toutes les chances, conclut M. de Malézieux.

Et, ravis de la pensée qu'ils dupaient si finement le Régent, ils signèrent et coururent dans leurs chambres préparer leur départ pour le lendemain. M. de Maisonrouge s'en alla avec eux, muni de la déclaration.

M. de Ménil seul était resté.

— Rosette, dit-il tendrement, le sort est pour nous vraiment. Voyez, c'est mon nom qui est sorti, et nul autre.

— Comme vous êtes enfant ! répondit en souriant Mlle de Launay. J'avais écrit votre nom sur tous les petits papiers. Il fallait bien que Ménil fût le vainqueur.

— Rosette, Rosette, que je vous aime !

Il s'était agenouillé devant elle, et il couvrait ses mains de baisers. On entendit sonner onze heures.

— Oh ! fit Rosette effrayée, il faut vous retirer. Voyez comme il est tard. Vous ne pouvez rester plus longtemps.

— Non, non, je ne m'en vais pas. Puisque nous sommes pour toujours l'un à l'autre, puisque vous avez proclamé par écrit que vous m'aimiez, puisque vous serez ma femme, je ne dois pas m'en aller. Je peux, je dois rester... Rosette, Rosette...

En même temps, il s'était levé, et l'attirait contre lui. Troublée au plus profond d'elle-même, Mlle de Launay résistait à peine. Il pencha la tête, ses lèvres effleurèrent les lèvres de Rosette. Il parut à la jeune femme qu'un voile lui cachait tout ce qui l'entourait : elle rendit le baiser qu'elle avait reçu... A ce moment, on entendit marcher dans la galerie.

— Écoutez ! fit-elle en se dégageant

Tous deux écoutaient... les pas se rapprochaient.

— Cachez-vous, cachez-vous !

Elle le poussa vers la fenêtre et rabattit sur lui les grands rideaux. Il était temps. M. de Maisonrouge ouvrait la porte. Les lumières du repas brillaient encore, répandant leur clarté dans la chambre. Le lieutenant de roi était pâle, une immense tristesse était empreinte sur son visage.

— Je viens, mademoiselle, dit-il, avec cette gravité qui chez lui masquait toujours une vive émotion, je viens vous faire mes adieux. Je suis très indiscret de me présenter si tard... mais vous quittez la Bastille demain très tôt dans la matinée : c'est mon excuse.

— Je vous reverrai à Paris, balbutia Mlle de Launay, que la pensée du chevalier caché chez elle rendait toute tremblante.

— Je ne le pense pas, fit-il avec mélancolie. Ma chère amie, vous voilà heureuse. Je l'ai souhaité, j'en suis content, mais votre bonheur me coûte cher. Vivez en paix avec celui qui vous aime et vous plaît : vous n'avez plus besoin de moi.

— Pourquoi? demanda Rosette. Rien ne pourrait me dédommager de votre perte. Vous m'avez enveloppée ici de vos soins discrets, de votre affection constante, des attentions les plus délicates... je serais bien ingrate si j'oubliais tout cela. Ne me privez pas de votre amitié. Elle lui tendit la main, il la serra un instant.

— Je ne veux vous priver de rien. Je me suis sacrifié sans réserve à votre bonheur ; puisse celui qui le doit assurer vous être aussi fidèle et aussi dévoué que moi.

Il posa les lèvres sur la main de Rosette :

— Adieu. Les beaux jours de la Bastille

sont finis ; elle va redevenir, pour moi aussi, une prison.

Des larmes perlaient aux paupières de la jeune fille. Comme il était sur le seuil, Maisonrouge dit encore :

— Ne pleurez pas. Ce ne sont que des pleurs d'amitié... moi, je vous aime.

Et il sortit.

Rosette avait porté les mains à ses yeux : elle pleurait, saisie à la fois par une soudaine tristesse et par une peur vague. A peine le battant de la porte fut-il retombé, que M. de Ménil, rejetant les rideaux derrière lesquels il s'était caché :

— Comment ! vous pleurez? Mais vous êtes folle. Oh ! la vilaine enfant qui se laisse impressionner par ce que lui raconte un vieux militaire. Vous ne songiez donc pas à moi, tandis qu'il vous parlait de lui. Et il mettait en doute mon amour pour vous !

— Ah ! fit-elle, moi, je n'en doute pas. J'ai tant désiré que vous m'aimiez... L'idée que je serai votre femme me remplit d'un tel transport... c'est un tel rêve qu'il faut me pardonner de craindre parfois...

— Vous ne devez rien craindre, Rosette : Je vous aime, je vous aime, voilà ce qu'il faut vous répéter.

Soudain, la grosse serrure de la porte grinça. Un porte-clés qui faisait sa ronde avait, en passant, donné le dernier tour. On l'entendit s'éloigner. Rosette poussa un *faible cri ; un sourire heureux flotta* sur la bouche du chevalier. Enfermés, ils *étaient enfermés ! Nul moyen que M. de* Ménil pût s'en aller. La porte était bien close, et la fenêtre trop haut.

— Alors, fit Rosette consternée, vous ne pouvez plus rentrer chez vous...

— Mon Dieu, non, répondit tranquillement M. de Ménil.

Rosette courut à la porte, essaya de l'ouvrir. Ce fut en vain ; sous ses mains nerveuses, le vantail de chêne ne remuait même pas. Elle voulut appeler. L'entendrait-on? et, si on l'entendait, comment expliquer la présence du chevalier? M. de Ménil la regardait s'agiter. Elle était à lui, enfin, bien à lui.

— Et Rondel? demanda Rosette.

— Mais je crois bien, répondit Ménil, que c'est elle que les porte-clés ont enfermée dans ma chambre.

— Je suis perdue, dit Mlle de Launay, très émue, je suis perdue... Tout le monde le saura demain matin. Ah ! mon Dieu... Je suis déshonorée... Ah ! chevalier, sauvez-moi !

En même temps elle allait à lui, et, par un mouvement instinctif, se jetait dans ses bras comme si elle devait y trouver le salut. Les bras se refermèrent tendrement et fortement sur elle.

— Ce qu'on dira demain ? fit avec exaltation M. de Ménil. On dira, Rosette, que votre ami, que votre époux est demeuré auprès de sa femme. Ah ! Rosette, tout conspire à nous unir, la nuit, le silence, nos gardiens mêmes. Vous êtes toute ma vie. L'amour est plus puissant que toutes les volontés humaines : il nous donne l'un à l'autre. Rosette chérie, rose parfumée qui a fleuri sur mon cœur.

— Comme vos paroles sont douces, murmura la jeune fille.

Le feu achevait de s'éteindre ; les bougies n'élevaient plus que de courtes et faibles lueurs. L'ombre se répandait. On *n'entendait plus que le pas monotone et* cadencé des sentinelles faisant leur ronde *dans la nuit, plan ! plan ! plan !* bruit sonore des gros souliers ferrés sur les larges pierres du chemin de garde, et les sons de la clochette qui, de quart d'heure en quart d'heure, résonnait dans le silence du château.

— Mes paroles, reprit M. de Ménil, sont

douces comme l'amour qui me possède... Elles sont douces comme l'ivresse du bonheur... Elles sont douces comme la joie dont tu me remplis... Rosette, Rosette, de qui le beau regard vient vers moi, perçant de son cher éclat les ténèbres qui nous enveloppent et mettant dans mon cœur un trouble divin.... Rosette, le Dieu des amoureux est pour nous, il m'a fait ton prisonnier malgré moi.

Un plaintif soupir s'envola :

— Puisque c'est un dieu qui le veut... balbutiait Rosette.

XI

L'AMOUR SE VENGE.

Mme la duchesse du Maine, que le Régent avait mise en liberté quelques jours avant les prisonniers de la Bastille s'était aussitôt rendue à son château de Sceaux. Un grand parc aux arbres séculaires, troué d'un vaste jardin à la française, où le buis bien taillé, les carrés de fusains, les ifs ronds et pointus, les boulingrins au gazon tondu de près, les parterres ingénieusement compartis et les quinconces de tilleuls formaient des dessins réguliers. Une grille en fer doré donnait accès à la résidence construite par Colbert ; façade unie, ornée de quelques niches qui abritaient des « antiques », toiture haute et lourde, pavillons d'angle en *saillie et des frontons majestueux, où* se détachait, sculptée en haut relief, *la couleuvre qui caractérisait les armes du* surintendant. Et déjà l'on a reconnu l'œuvre de l'architecte qui a conçu la colonnade du Louvre, Claude Perrault.

Dans le jardin et dans le parc, que Le Nôtre avait dessinés, des statues et des bancs de marbre blanc, des cascades se brisant, capricieuses, sur des rochers naturels, des ruisseaux jaseurs et des eaux jaillissantes dont se troublait le limpide cristal des bassins et qui égayaient les masses sombres formées par les grands arbres et les bosquets touffus.

La « galerie d'eau » passait pour la plus belle de France : une succession de petites chutes, larges comme l'avenue, y faisaient un escalier d'eau courante : à droite et à gauche, quantité de bustes sur des scabellons et des jets d'eau qui s'élevaient plus haut que le treillage dont l'avenue était bordée comme d'une muraille de verdure : chaque jet d'eau chantait entre deux bustes ; chaque buste faisait éclater sa blancheur entre deux jets d'eau. Puis c'était le labyrinthe, la salle des marronniers, où les fontaines encore se mêlaient aux statues de marbre ; enfin la pièce d'eau où, les jours de fête, voguaient des gondoles dorées et vitrées, garnies de damas aux vives couleurs, que conduisaient des rameurs vêtus de blanc avec des nœuds d'épaule jaunes et or ; sans parler du potager que ses chicorées avaient rendu célèbre. Et le domaine tout entier s'abritait au fond de la jolie vallée de Sceaux, que la boucle de la Bièvre entourait d'une eau indolente. Il était faiblement dominé à l'horizon par des collines basses aux croupes arrondies, aux crêtes verdoyantes, confondant leurs lignes harmonieuses *sous le ciel si gai de l'Ile-de-France.*

La duchesse du Maine s'y trouvait seule, car M. le duc, qui ne lui pardonnait pas de l'avoir mêlé à son aventure et ne voulait pas se compromettre dans une autre histoire possible, ne l'avait pas rejointe. Elle s'en consolait facilement, et même elle s'en félicitait, car son indépendance était ainsi absolue. Le premier gentilhomme qui vint lui porter ses hommages fut M. de

Staal, qui, malgré des apparences de lourdeur, ne cessait de songer à se pousser. Par Mme la duchesse du Maine, il avait obtenu une lieutenance aux gardes suisses; il comptait bien, par son influence encore grande, malgré son équipée, être nommé capitaine. Et, en effet, il le fut. Le Régent, qui n'avait plus rien à craindre de la duchesse, ne voulut pas se montrer rancunier. M. de Staal, courrier par courrier, eut son brevet. L'on pourrait s'étonner qu'une ennemie si acharnée du Régent eût consenti à lui demander si tôt quelque chose : la duchesse, au contraire, le fit sans hésiter, pour montrer qu'elle était encore puissante et méritait de garder des courtisans. Au fait les courtisans, que le malheur éloigne, ne s'étaient pas pressés de revenir. Il n'y avait auprès d'elle que les gens de sa maison ; elle jouait avec eux au biribi presque toute la nuit, et dormait une partie du jour. Parfois elle organisait avec ses familiers, dans le bois qui avoisinait son parc, des chasses aux lapereaux, se divertissant à suivre des yeux les furets d'abord qui faisaient sortir les lapereaux de leurs terriers ; puis les petits chiens de manchon qui se mettaient à les poursuivre. Les conspirateurs, tout en recouvrant la liberté, avaient été exilés pour quelque temps. M. de Ménil était en Limousin, M. de Malézieux en Anjou, M. de Pompadour en Bretagne. La nomination, que M. de Staal avait obtenue par elle, ramena à la duchesse quelques amis, dont le nombre augmenta bientôt. Pour M. de Staal, ce rapide succès l'avait fort excité. Veuf, il souhaitait une compagne qui pût à la fois lui donner la douceur d'un intérieur et élever les enfants qu'il avait. Il osa en toucher quelques mots à Mme du Maine. Comme celle-ci s'inquiétait de savoir s'il avait des vues précises sur une personne, il nomma Mlle de Launay.

Sans doute, il la connaissait peu : il l'avait rencontrée une dizaine de fois chez la duchesse, à Paris, alors qu'on conspirait, et sans doute Mlle de Launay ne lui avait témoigné que très peu de sympathie, si peu même, qu'il eût mieux valu appeler cela de l'antipathie. Mais enfin, il avait une honorable condition, une honnête aisance. Mme la duchesse du Maine le protégeait ; Mlle de Launay n'avait ni un nom ni du bien. Mais elle lui plaisait, parce qu'il était sûr qu'une pareille femme aiderait puissamment sa carrière. Et quant à lui, il assurerait sa carrière à elle et tâcherait de la rendre heureuse. Mais en vain essaya-t-il d'arracher une promesse à Mme du Maine : celle-ci demeura impénétrable.

Ce fut le surlendemain du jour où M. de Staal avait exprimé son désir que Rosette fit son entrée à Sceaux. Elle arriva le soir, dans un carrosse que son vieil ami, l'abbé de Chaulieu, lui avait prêté. C'était une belle journée d'hiver. Dans le ciel débarrassé de nuages, un soleil frileux commençait à mourir, teintant d'une faible et mélancolique lumière rose le couchant. L'air, comme par miracle, était extrêmement doux. Nulle brise ; les arbres dépouillés élevaient tristement leurs branches noires ; des feuilles brunies s'amassaient dans les ornières du chemin, et les talus, qui limitent les bois, en étaient tout couverts. Seule, brillait la mousse vive et fraîche qui tapissait les troncs des chênes et des hêtres. Mme la duchesse du Maine qui se promenait en calèche, dans son jardin, en descendait quand on lui annonça que Mlle de Launay demandait à être reçue. Elle se trouvait dans une sorte de rond-point, d'où le regard embrassait tout le château. Une statue de marbre se dressait au-dessus du gazon : un Amour, une main puisant dans son carquois et de l'autre, avec un doigt, faisant signe : « Gare à la blessure ! » Il était cruel, cet Amour, cruel comme un enfant qui, pour s'amuser, blesse et fait mal, avec un sourire moqueur et qui semblait méchant. On avait posé un banc de pierre en face de la statue, et autour d'elle des roses d'hiver, à cette saison les seules fleurs du jardin, formaient une corbeille aux frêles couleurs. Entourée de quelques fidèles, la duchesse vit s'avancer Mlle de Launay.

Rosette avait revêtu le même costume qu'elle portait le soir où M. de Maison-rouge l'avait emmenée à la Bastille ; un caprice de femme jolie et spirituelle, c'était une robe très simple en taffetas paille, le mantelet bleu pâle dont les dentelles se tassaient sur les épaules en mousse légère, la longue canne de bambou chiquetée et garnie d'or et le petit réticule qui enfermait les objets de toilette et les flacons de sels. Ainsi habillée, elle paraissait encore plus charmante. Mme la duchesse du Maine l'embrassa.

— Ah ! vous voilà, mademoiselle de Launay, dit-elle, je suis bien aise de vous revoir.

Une telle réception, de la part de la duchesse, était une marque toute particulière et inestimable d'amitié. Mais ce ne fut pas tout. Elle la fit asseoir à côté d'elle, sur le banc de pierre, tandis que les autres personnes restaient debout, et se mit à causer avec Rosette, affectueusement. Rosette dut raconter tout son séjour à la Bastille : chacun admirait sa vaillance. Quand elle retraça la scène de la fameuse déclaration par écrit adressée au Régent, la duchesse ne put se retenir de rire. Cette invention l'émerveillait et l'enchantait. Le plus comique de l'histoire, c'était que le Régent, en lisant cette bouffonnerie, s'était écrié : « Après tout, cela pourrait bien être vrai ! » Il fallut enfin donner des nouvelles de chaque prisonnier, de M. de Ménil surtout, que son départ immédiat pour l'exil avait empêché de pousser jusqu'à Sceaux et qui s'en était excusé par une très belle lettre. Et tandis que Rosette parlait du chevalier, ses yeux, malgré elle, se fixaient sur la statue. Il lui semblait que, réellement, cet Amour la contemplait en puisant dans son carquois et que le signe qu'il esquissait s'adressait à elle et qu'il l'avertissait : « Gare aux blessures! » Mais elle lui sourit : oui, il l'avait blessée, mais il avait blessé aussi M. de Ménil, et de cette double blessure devait sortir un double bonheur. Mme la duchesse enfin la quitta, suivie de sa petite cour. Rosette demeura seule. La nuit lentement descendait, encore indécise, enveloppant avec tendresse le petit dieu de marbre... On eût dit qu'il s'évanouissait peu à peu dans l'ombre où s'effaça sa bouche railleuse, puis son carquois, puis sa main. Rosette, machinalement, attachait encore les yeux sur lui. Elle ne songeait guère à l'accueil charmant que lui avait réservé la duchesse, ni aux éloges dont tous l'avaient accablée. La part qu'elle avait prise dans une affaire si éclatante lui donnait un grand lustre : elle ne s'en souciait pas. Elle ne pensait qu'à M. de Ménil. Son exil serait court : trois ou quatre semaines, et il reviendrait, plus amoureux encore, par l'effet de l'absence, et il l'épouserait. Le château immense étendant devant elle sa masse indécise dans l'ombre du jour expirant. Elle en considéra durant un instant les lignes majestueuses, pensant qu'elle n'avait plus que peu de temps à l'habiter. Une joie bienfaisante emplissait son cœur : elle se pencha, cueillit une rose, une de ces frêles et pâles roses d'hiver ; l'odeur en était très douce, et, la tenant contre ses lèvres, Rosette gagna le nouvel appartement qui lui était affecté.

Une semaine s'écoula : Rosette reçut une lettre du chevalier. Si elle avait éprouvé quelque crainte, cette lettre l'aurait facilement dissipée. Il lui mandait qu'il avait eu, chez lui, un long entretien avec un de ses amis, fort attaché à la duchesse du Maine, qu'il lui avait confié sa liaison avec elle, et ses desseins, afin de le mettre dans leurs intérêts et de le disposer à les servir auprès de la duchesse dont il faudrait obtenir le consentement. Ce fut ce même jour que, l'avenir lui paraissant tout à fait sûr, elle osa ouvrir son cœur à sa maîtresse. C'était une audace assez remarquable pour une femme qui voyait naguère dans la duchesse une rivale heureuse ; mais elle ne doutait pas que celle-ci, en apprenant quels liens unissaient la jeune femme et le chevalier, ne considérât comme au-dessous de son rang de manifester quelque ressentiment. Au même endroit où, arrivant à Sceaux, elle avait salué l'ennemie du Régent, elle se confia.

La nature a parfois de singulières ressemblances, non pas avec l'état de notre âme qui peut se tromper, mais avec notre véritable sort que nous ne soupçonnons pas. Le ciel était gris, une gelée nocturne avait durci sur le sable la neige récemment tombée ; les roses brûlées tombaient pétales par pétales. Tout était morne et désolé.

Rosette, tout entière à sa passion, parlait. Elle n'oublia rien, évitant seulement d'avouer avec quelle ingéniosité elle avait organisé, puis brisé la conspiration, trop certaine que Mme la duchesse ne lui eût pas pardonné une telle fantaisie et l'eût chassée ; mais elle dit ce qui s'était passé à la Bastille entre elle et M. de Ménil,

les premières lettres échangées, la complaisance de M. de Maisonrouge, les entrevues, les serments du chevalier. De temps en temps, la duchesse souriait avec un peu de mystère et de pitié. Rosette ne distingua pas tout de suite ce sourire. Quand elle le constata, son cœur se serra. La duchesse doutait-elle de la loyauté de M. de Ménil, ou savait-elle quelque nouvelle qui la rendît sceptique ? La joie qui possédait Rosette s'évanouissait peu à peu pour céder la place à une inquiétude douloureuse. Enfin, elle se hasarda à demander si la duchesse mettrait quelque obstacle à ce mariage.

— Non, certes, répondit cette dernière. Si M. de Ménil tient ses engagements, je serai la première à vous féliciter. Cependant, j'avais, de mon côté, déjà pensé à vous établir.

— M'établir, fit Rosette étonnée, mais comment ?

— M. de Staal vous épouserait avec ravissement, si vous y consentiez.

— M. de Staal, s'écria Rosette, mais je ne l'aime pas, il me déplaît !...

— Allons, calmez-vous, dit la duchesse ; l'amour vous affole. Laissez-moi cependant vous donner un conseil : craignez l'inconstance des hommes habitués, comme M. de Ménil, à conquérir toutes les femmes, et sachez estimer tout le prix des natures frustes, mais dévouées comme celle de M. de Staal.

Sur ces mots, la duchesse se leva ; l'entretien était fini. Rosette se sentait triste à mourir. Elle regarda de nouveau l'Amour de marbre, et cette fois elle comprit tout ce qu'il y avait en lui de cruel. Il lui fit peur. « Qui que tu sois, voici ton maître », disait le poète. A ce maître n'avait-elle pas fait violence — s'il allait se venger ? — et elle s'éloigna rapidement, pour ne plus l'apercevoir.

Rosette, dès lors, commença à souffrir.

A la Bastille elle avait connu le plaisir d'aimer : et voici que l'amour alarmait son cœur. Une seconde lettre du chevalier aviva son inquiétude. Il y parlait du mauvais état de ses affaires ; c'était une lettre prudente, froide et embarrassée. Avec peine elle parvint à en lire les dernières lignes, ses yeux s'étaient voilés de larmes. De troublantes pensées venaient l'assaillir. Ne s'était-elle pas engagée bien légèrement sur de vaines illusions, et ne courait-elle pas vers un abîme? Dans une lettre à Ménil, elle lui demanda de préciser ses projets. Il répondit qu'il en désirait toujours l'exécution et qu'il était très éloigné d'y renoncer, mais qu'il fallait les suspendre pour discerner le tour que prendraient ses affaires et qu'en attendant il allait visiter ses parents d'Anjou : une tournée de famille qu'il affirmait indispensable. Rosette en conclut qu'il avait surtout envie de ne pas se rapprocher d'elle. Cependant, comme il devait, pour ce voyage, passer à Paris, elle lui arracha la promesse d'un rendez-vous : elle l'attendit, elle l'attendit durant des heures qui lui parurent des siècles, il ne vint pas. Déjà se dispenserait-il vis-à-vis d'elle de toute mesure d'honnêteté et de bienséance? Elle fut au comble du désespoir... Dès que la pointe du jour parut, elle écrivit au chevalier ; il prétendit ne l'avoir manquée que par une méprise : on lui avait dit à la porte que Mlle de Launay était sortie. Les cœurs aimants sont facilement crédules : Rosette crut encore M. de Ménil, et se remit à espérer. Ainsi sa vie n'était plus qu'une succession de grandes alarmes et de courtes accalmies, de grands désespoirs et de faibles espérances... Les jours succédaient aux jours et Rosette demeurait délaissée. Parfois la duchesse du Maine l'interrogeait sur M. de Ménil, et il semblait toujours à Rosette que la duchesse en savait plus qu'elle, sur le chevalier. Mme du Maine ne s'étonnait pas du changement que Rosette observait chez M. de Ménil, elle hochait la tête d'un air mystérieux, et ses entretiens ne se terminaient jamais sans qu'elle entamât l'éloge de M. de Staal. Capitaine aux gardes, baron, et de bonne famille, M. le duc le ferait nommer assurément maréchal de camp, et sa femme recevrait le titre de dame d'honneur de la duchesse ; elle pourrait alors l'accompagner aux réceptions de la Cour. Toutes ces louanges, toutes ces promesses remplissaient Rosette d'une tristesse infinie : c'était comme si la duchesse l'entretenait de sa mort et de ses funérailles. M. de Staal, qui savait maintenant comment la duchesse l'aidait dans l'accomplissement de ses projets matrimoniaux, venait plus fréquemment au château, et s'efforçait d'y faire sa cour : c'était, malgré son ambition un peu mesquine, un brave homme. Mais, tandis qu'assis à côté de Rosette, il lui révélait ses goûts simples, son désir d'un intérieur, son affection pour ses enfants, elle ne l'écoutait pas ; elle recherchait dans sa mémoire le son de la voix exaltée du chevalier, et elle ne souhaitait que de l'entendre de nouveau.

Tout inexpérimentée en amour, Mlle de Launay ne pouvait que mal comprendre ce qui se passait chez M. de Ménil. Elle n'avait jamais conçu que l'ennui de la prison avait pu rendre le chevalier amoureux de la seule femme qui se trouvât à la Bastille ; elle ne pouvait pas concevoir qu'une fois en liberté, il oublierait aisément ce qui n'avait été pour lui qu'une distraction. Le besoin d'animer une existence monotone, l'influence de la solitude, le désir de vaincre si naturel chez un homme accoutumé à triompher et qu'exaspérait encore la résistance de Rosette, tout avait contribué à tromper M. de Ménil, prisonnier, sur ses propres sentiments. Dans une exaltation passagère, due bien plus aux circonstances qu'à la personne même de Rosette, il avait tout promis, tout juré, amour éternel et mariage prochain : pour conquérir ce qu'il voulait, il aurait fait — en paroles, du moins, — le sacrifice de ses jours. Hors de la Bastille, la première fièvre dissipée, il avait revu Rosette telle qu'il la voyait, avant d'être prisonnier. A son arrivée en Limousin, tout amour pour elle était mort en lui : il ne pensait qu'à se dégager. Pour un homme scrupuleux, le moyen était impossible. M. de Ménil avait toujours traité légèrement les choses de l'amour ; il ne lui parut pas qu'une aventure — du moins il appelait ainsi sa liaison avec Rosette — pût l'enchaîner à jamais. Il agit donc comme agissent tous les hommes qui veulent rompre des liens du cœur : il écrivit à de longs intervalles, il écrivit des lettres empruntées, il prétexta des obstacles, mit en avant des affaires embrouillées, recula d'une échéance à une autre la date du mariage promis. Il comptait que Mlle de Launay devinerait à tant d'indices si reconnaissables, que, tout en l'estimant toujours, il éprouvait pour elle de moins en moins d'amour. Une autre raison le soutenait dans cette conduite. Il était arrivé dans ses terres avec quelque célébrité qu'il tirait de la conspiration et de son emprisonnement : on lui fit fête. Cette jeune cousine de qui jadis, à la nuit, sous le clair de lune, il avait si tendrement pressé la main, fut la première à accourir vers lui. Elle était jeune et charmante : surtout elle avait tout l'avantage d'être nouvelle. Auprès d'elle, bientôt, M. de Ménil ne pensa plus à Rosette, que pour être rebuté par le souvenir même qu'elle lui imposait. Ainsi, tandis que Rosette, malgré tout, se forçait à garder encore une lueur d'espoir, si incertaine qu'elle fût, le chevalier se consolait de trahir ses serments en en faisant d'autres — les mêmes — aux pieds d'une nouvelle amie.

XII

UNE PETITE MAISON RUSTIQUE

A sa grande surprise, la tristesse qui, peu à peu, par des degrés insensibles, avait envahi l'âme de Mlle de Launay, l'avait progressivement ramenée au goût de la nature dont elle s'était éloignée.

Mêlée depuis des années à la cour brillante de la duchesse du Maine, tout en conservant un fond très sérieux, elle était devenue mondaine ; bientôt elle ne s'était plus trouvée sensible qu'aux charmes de la société et aux plaisirs de l'esprit. Jolie fleur artificielle, ou du moins fleur de serre chaude, comme l'époque en a tant fait éclore. On ne se représente pas une figurine de Watteau marchant dans les champs tels que la nature les a faits. Mais voici que, peu à peu, de ces champs elle se reprenait à aimer la beauté agreste ; elle se reprenait à aimer les longues promenades dans la solitude bienfaisante de la forêt. Et c'était une véritable forêt que l'immense parc du domaine de Sceaux.

L'hiver finissait et le printemps allait renaître : déjà les roses de Noël avaient disparu, puis les perce-neige, et voici que les crocus faisaient jaillir d'entre les feuilles mortes leurs petites fleurs drues, d'un jaune si joyeux. Les taillis de chêne avaient encore leur feuillage de bronze recroquevillé ; mais la mousse légère qui revêtait par endroits le tronc des hêtres prenait de jour en jour des tons plus clairs, des tons plus vifs et qui présageaient la verdure renaissante. Enfin, les lilas fleurirent, et ce fut le printemps. Mlle de Launay avait repris auprès de Mme la duchesse du Maine ses anciennes fonctions : elle veillait et lisait comme autrefois, et, comme elle en était fort désaccoutumée, ces exercices pénibles ajoutaient encore aux regrets qu'elle avait de la Bastille. Cependant la petite cour de Sceaux avait repris son éclat d'antan. M. de Malézieux, rentré d'exil, y redevenait l'ordonnateur des fêtes ; M. de Pompadour et M. de Richelieu s'y étaient réinstallés ; l'abbé Brigaud, à qui on avait longtemps tenu rigueur, commençait à s'y risquer ; jusqu'au duc du Maine qui, pressé de tous côtés, était revenu à Sceaux, où il avait repris la vie qui lui était chère, occupé d'antiquités, de musique et de vieux parchemins. Il était rentré dans ses charges, et il ne subsistait plus, comme traces de ses malheurs, que la dégradation de son rang et du rang de ses enfants. M. de Ménil, lui, restait toujours absent. Toute seule dans la vie, Mlle de Launay commençait à envisager une union avec M. de Staal comme un de ces malheurs que l'on accepte pour échapper à de plus grands. Mais, si indignée qu'elle fût contre le chevalier, les sentiments qu'elle avait eus pour lui contre-balançaient dans son cœur ses plus grands intérêts. Elle s'obstinait au supplice de ne pas désespérer. Parfois, elle tombait dans une espèce d'anéantissement pire que l'entière cessation de la vie ; elle prenait l'existence et le monde en horreur, ne souhaitant plus que de se séquestrer, et songeait à une véritable retraite ou à se jeter aux Carmélites. Parfois, au contraire, elle était comme saisie d'un besoin d'agitations incessantes, dans la croyance que les divertissements, le plaisir, toutes les frivolités mondaines enfin, endormiraient sa mémoire et dissiperaient sa peine ; elle était alors de nouveau l'infatigable et spirituelle Rosette de jadis, car les fêtes, les grandes nuits de Sceaux avaient repris avec un éclat nouveau. Voltaire disait en parlant de la duchesse du Maine, que, à ses derniers moments, il lui faudrait en guise d'extrême-onction jouer la comédie. Et la renommée que Mlle de Launay avait tirée de son aventure à la Bastille, où elle avait montré tant d'énergie, de savoir-faire et de volonté, lui attirait des courtisans : d'une jeune et jolie femme, que deviennent bientôt les courtisans? — des galants, des adorateurs. Mais ce propos qui, l'année précédente, auraient charmé ses oreilles comme la plus divertissante des musiques, lui produisaient à présent une impression pénible : elle les fuyait, il lui semblait que l'expression de ces sentiments, pour gracieuse qu'elle fût, et n'y vît-elle qu'un jeu de société, lui égratignait le cœur...

Elle s'était éveillée un matin, bien avant le jour, et était restée à ressasser longuement dans son esprit des pensées qu'elle aurait voulu chasser loin d'elle et qui cependant étaient son unique préoccupation : Ménil... Ménil... ces mots revenaient malgré elle sur ses lèvres. Quand elle se leva, elle aperçut tout à coup sur une table, un bouquet de roses blanches et rouges, à l'éclat lumineux ; un large flot de rubans soyeux en serrait les tiges. Elle eut un moment d'émotion, puis reconnut à une enveloppe l'écriture tremblée du vieil abbé de Chaulieu.

L'excellent et charmant homme, un des plus gracieux exemples des aimables abbés du vieux temps, quoiqu'il eût plus de soixante-dix ans, loin de se calmer, brûlait pour Rosette d'une passion de plus en plus vive : une passion tout en imagination, cela va sans dire, — non seulement il lui faisait la cour, mais il était jaloux d'elle au point de lui reprocher d'être beaucoup trop coquette. Ces fleurs venaient de lui et il y avait joint ces vers :

HYMNE A L'AMOUR

Je célèbre ta victoire,
Aveugle enfant, sur mon cœur,
Pour conserver la mémoire
De ta dernière faveur,
Je viens captif, en l'honneur
De mon aimable vainqueur,
Chanter un hymne à sa gloire.

Amour, je dois à ta mère
L'objet charmant que je sers.
Tu lui donnas l'art de plaire
Et tant d'agréments divers,
Que tu m'as forgé des fers,
Les plus doux, les plus légers
Qu'on ait forgés à Cythère.

Que tes peines ont de charmes,
Qui les souffre est enchanté.
Toi qui sais, jusques aux larmes
Mêler de la volupté,
Fais au moins que la beauté
Qui ravis ma liberté,
Te rende avec moi les armes.

Tu m'entends et viens sans peine,
Amour, exaucer mes vœux.
Déjà de ma douce chaîne
Je sens resserrer les nœuds ;
Et cent fois plus amoureux,
Je brûle de plus de feux
Que n'en alluma Hélène !

Rosette avait commencé la lecture de ces vers, presque avec un sourire de contentement ; mais peu à peu l'impression en était devenue trop forte, elle s'était changée en un sentiment pénible, et qui lui avait douloureusement étreint le cœur ; Mlle de Launay avait fini cette lecture, en jetant le papier froissé vers le milieu de la pièce, tombant elle-même en une crise de larmes sur un fauteuil tendu de toile peinte, qui se trouvait auprès d'elle. Sa poitrine était secouée de hoquets nerveux.

Accès de fièvre suivis de longs abattements.

Puis, quand elle s'était ressaisie, la duchesse du Maine en profitait pour lui reparler de M. de Staal. Décidément elle tenait à faire le bonheur de Rosette ; M. de Staal, du reste, averti et conseillé par sa protectrice, s'efforçait de corriger l'inélégance de ses manières, et, par tous les moyens possibles, de se rendre favorable une jeune fille qu'il savait hostile. Il lui advint de faire penser par comparaison Mlle de Launay à M. de Maisonrouge : on avouera que c'était un grand progrès.

La vérité cependant éclata. Ce fut au commencement de l'été que Rosette connut les fiançailles du chevalier : il épousait Odette de Boisfleury, sa cousine de province. Son arrivée était annoncée au château, où il devait en apporter lui-même la nouvelle à la duchesse. Il se présenta par une belle et chaude journée de juillet. Tout le parc était en fleurs. Une chaude lumière tombait sur Paris, et en faisait miroiter au loin les coupoles. Les forêts étendaient jusqu'à la limite de l'horizon leurs frondaisons touffues. Mille insectes, avides de soleil, tournoyaient dans l'air limpide, et, d'un arbre à l'autre, les oiseaux, dans un gai ramage, semblaient s'appeler et se répondre. Toute la compagnie était réunie autour de la statue de marbre, autour de la statue du dieu malin qui tirait une flèche de son carquois. M. de Malézieux, toujours alerte, récitait des vers qu'il avait improvisés, en s'inspirant des propos, précisément, que la statue du petit bonhomme aux flèches blanches venait d'éveiller :

L'amour nous vient sans qu'on y pense :
Puis s'enfuit comme il est venu ;

Il nous tient fort en sa puissance.
Nous le tenons d'un fil menu...

Mlle de Launay demeurait un peu à l'écart. Un accablement profond l'avait saisie, quand elle avait, d'une façon irrémédiable, compris que tout était perdu, et qu'elle n'avait même plus l'amère ressource d'une ignorance toujours prête aux fragiles espérances. Maintenant il n'y avait plus en elle que du dégoût et de la haine. Si elle l'avait pu, elle eût ordonné la mort de celui qui, si indignement, la trahissait. Une honte incessante la possédait aussi, car elle ne pouvait plus se cacher que M. de Ménil ne l'avait même pas aimée un jour et qu'il n'avait cherché en la courtisant qu'une distraction qui lui paraissait aujourd'hui une insulte. Les hontes dont l'amour peut être fait, se montraient à elle, alors que, pendant tant de mois, elle n'avait été éblouie que par ses charmes fascinants. Qu'avait-elle fait? Comme son innocence avait été odieusement trompée !

— Voilà M. de Ménil, dit tout à coup M. de Pompadour.

M. de Ménil, en effet, était à quelques pas, vêtu d'un clair manteau de drap d'Espagne, doublé de panne de soie.

Il s'avançait en souriant, plus aimable que jamais, rapportant de la campagne une figure reposée, un corps plus alerte, et je ne sais quelle grâce répandue sur toute sa personne. Le chapeau à la main, une fine épée au côté, qui relevait le manteau d'un gris léger, ses manchettes de dentelles lui couvrant les poignets, il avait cette assurance pleine de distinction que donne, chez un homme de race, la conviction de valoir plus que les autres. Instinctivement, Mlle de Launay jeta les yeux sur M. de Staal assis à côté d'elle, gros,

lourd, commun, malgré tous ses efforts vers le bel air. M. de Ménil s'inclina devant la duchesse. Comme il arrivait devant Mlle de Launay, il la salua profondément ; elle lui rendit à peine son salut. Quelques minutes, on causa une fois encore de la conspiration et de la Bastille. Mais cette conversation, si souvent répétée, ennuyait la duchesse qui savait tout cela par cœur. Aussi se termina-t-elle rapidement et l'on se remit aux divertissements un instant interrompus. M. de Ménil se confondit parmi les autres fidèles. La duchesse, d'ailleurs, ne prêtait nulle attention à lui, irritée peut-être qu'il eût si lâchement abandonné Rosette, ou, plutôt, qu'après avoir été si amoureux d'elle-même, il convolât avec une telle facilité, sans même exprimer de regrets.

Rosette s'était écartée des groupes de dames et de jeunes seigneurs dont les conversations bruyantes et légères l'importunaient dans ce moment. Elle s'était dirigée, sans penser où elle allait, vers un bosquet entouré de bustes, représentant des dieux et des déesses antiques, bustes pris dans de longues gaines de marbre ; au milieu du bosquet, un rond-point où l'on avait dressé une escarpolette. Non loin de là, passait un chemin qui traversait le domaine et dont la duchesse avait permis l'usage aux paysans du voisinage, car, depuis l'échec de ses visées ambitieuses, elle cherchait la popularité. Instinctivement, Rosette était montée sur l'escarpolette et la faisait mouvoir doucement. Au moment où elle s'était éloignée, Ménil l'avait suivie des yeux ; et, de temps en temps, ses regards se reportaient vers la direction où elle avait disparu. La duchesse, évidemment, le remarqua.

— Chevalier, lui dit-elle, vous pouvez

vous retirer si vous êtes fatigué par le voyage. Dans le cas où vous nous feriez le plaisir de demeurer jusqu'à demain, un appartement est prêt pour vous au château.

Ménil s'inclina profondément et prit le chemin par lequel venait de s'éloigner Rosette. Celle-ci, tout à coup, le vit devant elle, à l'entrée du bosquet. Son cœur battit à coups précipités, sa gorge oppressée palpita, elle passa sa main sur son front. Elle avait arrêté le mouvement de l'escarpolette, mais n'en descendit pas.

Quelques secondes s'écoulèrent, lourdes et longues. M. de Ménil, comme paralysé par la gêne, demeurait silencieux.

— Vous avez donc quelque chose à me dire? demanda enfin Rosette.

— Mademoiselle, commença-t-il.

Elle l'interrompit avec colère :

— « Mademoiselle ! » nous sommes seuls, chevalier, nul ne nous écoute.

— Mademoiselle, répéta-t-il.

Un sanglot mourut aux lèvres de Rosette, un sanglot de colère et de douleur.

— Je voulais, continuait M. de Ménil, vous renouveler l'expression de mon dévouement... je voulais surtout vous expliquer...

Vivement elle sauta à terre :

— Ne m'expliquez rien. Ce que l'on m'a appris, il y a quelques jours, est bien vrai, n'est-ce pas?... Vous épousez votre cousine?

M. de Ménil, pour toute réponse, baissa la tête.

— Vous êtes un misérable ! cria-t-elle.

M. de Ménil fit un pas vers elle.

— Mademoiselle, de grâce, ne m'insultez pas. Je suis venu vous assurer que j'étais tout à vous... si vous le vouliez. Non, je n'oublie pas tout ce que vous avez été pour moi, durant cette année de captivité, où je vous ai aimée.

Il se tut un instant, puis, baissant la voix, il ajouta :

— Où j'ai *cru* vous aimer... seule femme, entre ces hautes murailles parmi nous autres hommes, et charmante comme vous l'êtes...

Rosette fit un geste qui devait lui imposer silence ; Ménil poursuivit :

— Mais je suis un honnête homme... Voici ma main, si vous la voulez. Ce sera toujours un honneur pour moi que de vous donner mon nom. Mais je mentirais si je disais que je vous aime... Je vous dois toute la vérité, je vous respecte trop pour ne pas vous la dire...

Par un suprême effort, Rosette parvint à se contenir :

— Je me respecte trop moi-même, monsieur, pour accepter l'offre que vous me faites. Vous êtes libre. Pour rien au monde, je ne voudrais vous imposer une union si contraire à votre penchant, et pour moi je ne pourrais l'endurer...

Et avec une fierté par laquelle elle croyait se racheter :

— C'est moi seule qui suis coupable, acheva-t-elle.

— Mademoiselle, je vous en supplie, il faut que...

Elle ne le laissa pas achever.

— Allez-vous-en ! dit-elle.

Il hésitait.

— Allez-vous-en ! allez-vous-en ! répéta-t-elle.

Il y avait dans ses yeux tant de haine maîtrisée, que M. de Ménil recula. Il fit de la main un mouvement, s'inclina, puis s'en alla lentement... Les taillis le dissimulèrent presque aussitôt. Alors, vaincue par la douleur, Rosette retomba assise sur l'escarpolette qu'elle avait quittée. De ses deux mains elle s'y tenait accrochée à l'une des cordes et cachait entre ses bras sa tête secouée par les sanglots. Dans cette posture elle pleura pendant longtemps et les pleurs lui firent du bien.

Sur la route voisine passaient de jeunes paysannes, les cheveux serrés dans des mouchoirs de couleur ; on eût pu les apercevoir par-dessus la haie, portant sur l'épaule, d'un geste agreste et robuste, les bottes d'herbes ou de luzerne et les fagots de bois mort. Elles rentraient au village, chantant d'une seule voix :

> Ma mère, mariez-moi,
> Car vous savez bien pourquoi
> Je voudrais être en ménage...

Le soleil adoucissait ses rayons, il apparut à l'horizon énorme et sanglant ; tout autour, le ciel était rouge. Puis les oiseaux cessèrent leurs chants ; on n'entendait plus que la brise du soir qui tombait en frissons dans les branches.

— Il ne faut pas pleurer, Rosette, dit une voix tendre. M. de Ménil ne mérite pas qu'on le pleure.

Surprise, Rosette releva la tête. M. de Maisonrouge était devant elle. M. le duc l'avait mandé dans l'après-midi : en le quittant il avait erré un peu dans le parc. Sa promenade l'avait amené du côté du bosquet à l'escarpolette. Il avait entrevu une femme qui gémissait, il s'était approché et il avait reconnu Rosette.

— Vous, mon ami, dit-elle, en lui tendant ses bras comme pour implorer une protection.

— Je sais tout, dit-il ; il est arrivé, le moment que je redoutais par-dessus tout ; ah ! votre vieil ami a beaucoup de reproches à s'adresser... C'est lui qui a favorisé ce malheureux amour, au lieu de le combattre... Un dieu nous dirigeait, plus fort que nous... celui-là même qui nous regarde en ce moment — et il

indiquait le fond de l'allée qui s'ouvrait sur la pelouse — ce dieu de marbre si vivant. Il vous a blessée...

Elle se tordit les mains.

— Ah ! mon ami, être abandonnée ne serait rien, mais il ne m'a jamais aimée. C'est cela qui est affreux.

Rosette alla s'asseoir sur un banc de pierre, et M. de Maisonrouge vint se placer auprès d'elle.

— Je connais ces douleurs, Rosette... A mon âge elles sont inguérissables. A votre âge, au contraire, le temps les efface... Il est des baumes pour les blessures d'amour comme pour les autres.

Elle le contempla.

— Vous m'avez aimée, vous.

Il répondit avec simplicité :

— Oui, Rosette, et je vous aime encore.

Il y eut un court silence... M. de Maisonrouge semblait rêver.

— C'est moi, dit-il, qui ai **causé** votre malheur... Peut-être puis-je un peu le réparer... Oh ! je sais que vous ne m'aimez pas, vous ne ressentez pour le vieil homme que je suis qu'une bonne affection de petite fille... Moi, je vous aime, et, à mon âge, rien ne met plus en fuite l'amour.

Il n'osa pas poursuivre.

— Que voulez-vous dire? demanda-t-elle.

Il soupira, puis, la voix précipitée comme pour exprimer plus vite ce qui le troublait si vivement :

— Rosette, voulez-vous être ma femme?

— Moi ! votre femme !

— Oui, vous. Voulez-vous rentrer avec moi à la Bastille, à mon bras, comme la première fois, mais cette seconde fois en maîtresse, non en captive. Vous serez le bon ange des prisonniers, et je vous consacrerai ma vie.

— Vous ne savez donc rien? s'écria-t-elle, stupéfaite et effrayée.

— Je sais tout.

Des larmes nouvelles jaillirent des yeux de Rosette. Comme il l'aimait, celui-là ! Oui, accepter c'était, non pas le bonheur — elle persistait à croire que le bonheur réside dans l'amour seul — mais c'était une vie paisible, pleine de douceur, avec la caresse, apaisante peut-être, d'une affection un peu paternelle. Un instant, elle faillit dire oui, mais soudain tout ce qu'il y avait en elle d'honnête se révolta. Eh ! quoi, irait-elle donner à M. de Maisonrouge ce dont n'avait pas voulu M. de Ménil, les débris d'un cœur ulcéré ? Elle rejeta vivement cette idée. Elle ne pouvait être digne de l'offre de l'officier qu'en le repoussant. Lui cependant insistait, plus pressant, plus tendre, plus compatissant. Elle secouait la tête tristement, incapable de refuser par des mots. M. de Maisonrouge comprit que tout était inutile, et qu'il ne la persuaderait pas.

C'était le crépuscule. Les arbres confondaient leurs lourdes masses dans la brume ; peu à peu, les chemins s'emplissaient d'obscurité.

— Mademoiselle de Launay ! appela quelqu'un, Mme la duchesse vous demande.

Un peu plus loin, se dessinait la silhouette d'un officier aux gardes suisses.

— Qui est-ce? interrogea M. de Maisonrouge.

— C'est M. de Staal.

M. de Maisonrouge devint songeur.

— On prétend qu'il vous aime, et qu'il vous épouserait si vous y consentiez

Elle sourit mélancoliquement.

— On le prétend.

M. de Maisonrouge s'éloignait déjà ; il s'arrêta et revint sur ses pas :

— Alors, dit-il, Rosette, épousez-le. Il ne faut pas vous abîmer dans le souvenir de ce qui n'est plus. Et tâchez d'être heureuse... tout de même !

Mlle de Launay s'étonna du conseil que lui donnait M. de Maisonrouge. Quoi, lui aussi ! Si fort qu'il l'aimât, il la connaissait bien mal. Sa souffrance était chère à Rosette. On souffre par celui qu'on aime, on le déteste, on le maudit, mais, quoi qu'on fasse, on l'aime toujours. Du moins, elle le pensait.

La jeune fille ne savait pas encore qu'en matière d'amour, le temps est un grand médecin. La constance de M. de Staal finit par la toucher : rien n'avait pu le rebuter. Elle découvrit en lui, à la longue, une politesse non étudiée qui venait du cœur et annonçait un caractère bon et bienfaisant, une grande égalité d'humeur, des vues saines, plus de justesse que d'abondance d'idées. Comme il possédait son brevet de capitaine, il n'était plus tourmenté par les mesquineries d'une ambition qui veut réaliser ce qu'elle désire. D'autre part, Mme la duchesse du Maine ne cessait d'apporter à la cause qu'elle soutenait de nouveaux arguments. Lassée à la fin par une si vive insistance, à laquelle M. de Maisonrouge par lettre joignait la sienne, le souvenir de M. de Ménil presque entièrement aboli, sa raison aussi la convainquant d'assurer son avenir et de quitter une condition subalterne, Rosette, par un beau jour de printemps, mit sa petite main nerveuse dans la grosse main de l'officier aux gardes suisses. Mme la duchesse du Maine lui accorda, avec une pension, le droit à sa table et l'entrée dans ses carrosses. La joie presque enfantine de M. de Staal émut Rosette. Mme de Chambonnas, dame d'honneur de la duchesse, la conduisit à l'autel. Au sortir de l'église, elle gagna Gennevilliers, où M. de Staal habitait une petite maison gaie et propre, une

petite maison rustique, dont la barrière
et les lourds volets de bois étaient peints
en vert à la façon de son pays ; des
moutons blancs bêlaient dans l'étable,
la basse-cour grouillait de volatiles :
le cadre d'une idylle ; — seulement
Rosette n'aimait pas d'amour M. de
Staal.

FIN

LES ŒUVRES COMPLÈTES
D'ALFRED DE VIGNY

POÉSIES — ROMANS — THÉATRE
ŒUVRES POSTHUMES — CORRESPONDANCE

NOTES ET COMMENTAIRES, par Léon SÉCHÉ

ÉDITION COMPLÈTE en 12 volumes de luxe de 250 pages environ, imprimés sur beau papier vergé avec des caractères spécialement fondus pour cette collection

(FORMAT 11×18)

Le volume broché . . . . . **2** fr. **95**; franco : **3** fr. **25**
Relié toile pleine. . . . . **4** fr. » ; franco : **4** fr. **30**
Relié 1/2 basane fers spéciaux. **6** fr. » ; franco : **6** fr. **45**

POÉSIES : Poèmes antiques et modernes ; Héléna ; Fragments.   1 volume

Avec une notice sur Alfred de Vigny et une étude sur les Poèmes, par Léon SÉCHÉ.

STELLO. . . . . 1 volume

CINQ-MARS . . . . 2 volumes

SERVITUDE ET GRANDEUR MILITAIRES . . . 1 volume

THÉATRE COMPLET
Tome I. — **Shylock, Othello.**
Tome II. — **La Maréchale d'Ancre. Quitte pour la peur.**
Tome III. — **Chatterton,** *suivi de Mademoiselle Sedaine et de la Propriété littéraire et du Discours de Réception à l'Académie française.*
3 volumes

JOURNAL D'UN POÈTE . . . . 1 volume

ŒUVRES POSTHUMES : *Les Destinées, Fantaisies oubliées, Mélanges.* . . . . 1 volume

CORRESPONDANCE, nombreuses lettres inédites. . . . 2 volumes

CORBEIL. — Imprimerie Crété.

IMPRIMERIE CRÉTÉ
CORBEIL (S.-ET-O.)